Um amor para recordar

NICHOLAS SPARKS

Um amor para recordar

Tradução
Ivar Panazzolo Júnior

Novo Conceito

10ª Impressão - 2013

Produção Editorial:
Equipe Novo Conceito
Impressão e Acabamento Arvato Print 051213

Este livro segue as regras da Nova Ortografia da Língua Portuguesa

Dados Internacionais de Catalogação na Publicação (CIP)
(Câmara Brasileira do Livro, SP, Brasil)

Sparks, Nicholas
Um amor para recordar / Nicholas Sparks; tradução Ivar Panazzolo Júnior. – Ribeirão Preto, SP : Editora Novo Conceito, 2011.

Título original: A walk to remember
ISBN 978-85-63219-26-8

1. Ficção norte-americana I. Título.
11-02840 CDD-813

Índices para catálogo sistemático
1. Ficção: Literatura norte-americana 813

Novo Conceito
Rua Dr. Hugo Fortes, 1.885 – Parque Industrial Lagoinha
14.095-260 – Ribeirão Preto – SP
www.editoranovoconceito.com.br

Para meus pais, com amor e boas lembranças.
Patrick Michael Sparks (1942-1996)
Jill Ema Marie Sparks (1942-1989)

E para meus irmãos, com todo o coração e a alma.
Micah Sparks
Danielle Lewis

Agradecimentos

Como sempre, devo agradecer à minha esposa, Cathy. Fiquei muito feliz quando ela aceitou a minha proposta; ainda mais feliz porque, após dez anos, ainda tenho os mesmos sentimentos em relação a ela. Obrigado pelos melhores anos da minha vida.

Agradeço também a Miles e Ryan, meus filhos, que ocupam um lugar especial em meu coração. Amo vocês dois. Para eles, eu sou simplesmente o "papai".

Obrigado também a Theresa Park, minha agente na Sanford Greenburger, minha amiga e confidente. Simples palavras não são o suficiente para expressar tudo o que você fez por mim.

Jamie Raab, meu editor na Warner Books, também merece minha total gratidão pelos últimos quatro anos, do fundo do meu coração. Você é o melhor.

E também há outros que me apoiaram a cada passo ao longo do caminho: Larry Kirshbaum, Maureen Egen, John Aherne, Dan Mandel, Howie Sanders, Richard Green, Scott Schwimer, Lynn Harris, Mark Johnson e Denise Di Novi — sinto-me realmente abençoado por poder trabalhar com todos vocês.

Prólogo

Quando eu tinha 17 anos, a minha vida mudou para sempre.

Eu sei que há pessoas que se surpreendem quando digo isso. Elas me olham de maneira estranha, como se estivessem tentando imaginar o que poderia ter acontecido naquela época, embora eu raramente tente explicar. Como morei aqui durante a maior parte da minha vida, tenho a sensação de que não preciso fazer isso, a menos que seja nos meus termos. E isso levaria mais tempo do que a maioria das pessoas está disposta a me dar. A minha história não pode ser resumida em duas ou três frases; não pode ser colocada em um embrulho simples e elegante, que seria entendido imediatamente pelas pessoas. Embora quarenta anos tenham passado, as pessoas que ainda moram aqui e que me conheceram naquele ano aceitam essa minha falta de explicações sem questionar. De certa forma, a minha história também é a deles, pois é uma experiência pela qual todos nós passamos.

Entretanto, estive mais próximo do que qualquer outro.

Estou com 57 anos, mas ainda me lembro de tudo o que aconteceu naquele ano, em seus mínimos detalhes. Eu sempre o revivo em minha mente, trazendo-o de volta à vida, e sinto uma estranha combinação de tristeza e alegria quando o faço. Há momentos em que desejo fazer o tempo voltar e apagar toda a tristeza, mas tenho a sensação de que, se o fizesse, também apagaria a alegria. Assim, revivo as memórias da forma como vêm, aceitando todas elas, deixando que me guiem sempre que possível. Isso acontece com mais frequência do que as pessoas percebem.

É 12 de abril, no último ano antes da virada do milênio, e, quando saio de casa, olho ao redor. O céu está carregado de nuvens cinzentas, mas, conforme ando pela rua, percebo que as magnólias e azaleias estão florescendo. Eu puxo o zíper da minha jaqueta um pouco para cima. A temperatura está fria, mas sei que em algumas semanas o tempo ficará mais agradável, e o céu cinzento dará lugar aos dias que fazem da Carolina do Norte um dos lugares mais belos do mundo.

Com um suspiro, sinto que tudo está voltando para mim. Eu fecho os olhos e os anos começam a passar de trás para frente, lentamente, como os ponteiros de um relógio girando ao contrário. Eu me observo rejuvenescer, como se estivesse vendo pelos olhos de outra pessoa; vejo meu cabelo mudar de cor, de grisalho para castanho; sinto as rugas ao redor dos meus olhos suavizarem, meus braços e pernas ficam mais vigorosos, as lições que aprendi com a idade ficam menos claras, e resgato minha inocência conforme aquele ano memorável se aproxima.

Então, assim como eu, o mundo começa a mudar. Estradas estreitam e algumas voltam a estar pavimentadas apenas com cascalho; o desenvolvimento dos subúrbios é substituído por sítios e fazendas, as ruas do centro estão cheias de gente olhando as vitrines enquanto passam pela confeitaria Sweeney's e o açougue Palka's. Os homens usam chapéus, as mulheres usam vestidos. No tribunal logo adiante, o sino da torre toca...

Eu abro os olhos e paro. Estou do lado de fora da igreja batista e, quando olho para o frontão da estrutura, sei exatamente quem sou.

Meu nome é Landon Carter, e tenho 17 anos.

Esta é a minha história — e prometo contar tudo.

No início você vai sorrir, e depois vai chorar — não diga que não avisei.

Capítulo 1

Em 1958, Beaufort, no litoral da Carolina do Norte, perto de Morehead City, era um lugar como muitas outras cidades pequenas do sul dos Estados Unidos. Era o tipo de lugar onde a umidade do ar era tão alta no verão que ir até a caixa de correio para pegar as cartas fazia com que as pessoas sentissem que precisavam tomar um banho, e as crianças andavam descalças de abril a outubro sobre carvalhos cobertos de musgo espanhol. As pessoas acenavam de seus carros sempre que viam alguém na rua, mesmo que não a conhecessem, e o ar cheirava a pinho, sal e maresia, um aroma que só existe nas Carolinas. Para muitas das pessoas dali, pescar em Pamlico Sound ou catar caranguejos no rio Neuse era um meio de vida, e havia barcos ancorados sempre que se olhava para a hidrovia intralitorânea. Havia apenas três canais de televisão, embora ela nunca tivesse sido importante para aqueles de nós que cresceram por ali. Em vez disso, vivíamos nossa vida em função das igrejas, e havia 18 delas dentro dos limites da cidade, e tinham nomes grandes, como a Igreja Cristã do Salão da Amizade, a Igreja dos Perdoados, a Igreja da Purificação Dominical, e, além dessas, é claro, as igrejas batistas. Quando eu era adolescente, essa era a denominação mais comum, e havia igrejas batistas em praticamente todas as esquinas da nossa cidade, embora cada uma se considerasse superior às outras. Havia igrejas batistas de todo o tipo — Batistas do Livre-Arbítrio, Batistas do Sul, Batistas Congregacionais, Batistas Missionários, Batistas Independentes... Acho que dá para ter uma ideia.

Naquela época, o maior evento do ano era patrocinado pela igreja batista do centro da cidade — a Batista do Sul, se você realmente quer saber — em conjunto com a escola de ensino médio local. Todos os anos faziam um espetáculo de natal no Teatro Beaufort — na realidade, uma peça escrita por Hegbert Sullivan, um pastor que estava na igreja desde que Moisés abriu as águas do mar Vermelho. Certo, talvez ele não fosse tão velho assim, mas era velho o bastante para que se pudesse enxergar através da pele dele. Era uma pele que estava o tempo inteiro úmida, e chegava a ser transparente — as crianças juravam que conseguiam ver o sangue circulando nas veias por baixo da pele do homem — e seu cabelo era tão branco quanto aqueles coelhos que os donos das lojas de animais de estimação colocam à venda na época da Páscoa.

De qualquer forma, ele escreveu aquela peça, chamada de *O Anjo do Natal*, porque não queria continuar vendo o velho clássico de Charles Dickens no palco, *Um Conto de Natal*. Na sua concepção, Scrooge era um herege, que chegou à redenção apenas porque viu fantasmas, e não anjos — e quem disse que os fantasmas haviam sido mandados por Deus? Quem disse que ele não voltaria a ter seu comportamento pecaminoso, já que os fantasmas não vieram diretamente do céu? A peça de Dickens não deixava isso exatamente claro — afinal, é uma questão de fé — mas Hegbert não confiava em fantasmas que não eram explicitamente enviados por Deus, e esse era o maior problema com *Um Conto de Natal*. Há alguns anos ele mudou o final da peça — utilizando sua própria versão, na qual o velho Scrooge se torna um pregador, viajando para Jerusalém para encontrar o local onde Jesus falava aos apóstolos. Não funcionou muito bem — nem mesmo para a congregação, que assistia ao espetáculo com os olhos arregalados — e o jornal havia publicado comentários como "Apesar de interessante, não era exatamente a peça que nós todos conhecemos e amamos...".

Assim, Hegbert decidiu tentar escrever sua própria peça. Durante toda a sua vida escreveu seus próprios sermões, e alguns deles, devemos admitir, realmente eram interessantes, especialmente quando falava sobre a "ira de Deus descendo sobre os fornicadores" e todas aquelas coisas agradáveis. Eu posso afirmar que o sangue dele realmente fervia quando falava sobre os fornicadores. Esse era o seu ponto nevrálgico. Quando éramos mais novos, meus amigos e eu nos escondíamos atrás das árvores e gritávamos: "Hegbert é um fornicador!" quando o víamos andando pela rua. Nós ríamos como idiotas, pensando que éramos as criaturas mais inteligentes que já habitaram o planeta.

O velho Hegbert parava de caminhar e suas orelhas tremiam — eu juro por Deus que elas realmente se moviam — e ele chegava a ficar vermelho de raiva, como se tivesse bebido gasolina, e as veias esverdeadas no seu pescoço saltavam como aqueles mapas do rio Amazonas que aparecem na revista *National Geographic*. Ele olhava de um lado para o outro, seus olhos apertando até se tornarem fendas estreitas enquanto nos procurava. E então, da mesma maneira repentina, começava a empalidecer novamente, com aquela pele de peixe de novo, bem diante dos nossos olhos. Era realmente algo incrível de assistir, eu garanto.

Assim, nós nos escondíamos atrás de uma árvore, e Hegbert (que espécie de pai chama seu filho de Hegbert, hein?) ficava lá parado, esperando que aparecêssemos, como se pensasse que éramos bobos a ponto de nos entregarmos. Cobríamos a boca com a mão para não rirmos alto, mas de alguma forma sempre nos encontrava. Ele olhava de um lado para o outro e então parava, com aqueles olhos saltados nos encarando diretamente, enxergando através da árvore. "Eu sei quem é você, Landon Carter", ele dizia, "e o Senhor também sabe". Ele esperava um minuto, mais ou menos, até que a mensagem fosse absorvida, e finalmente voltava à sua caminhada. E, durante o sermão daquele fim de semana, ele olhava direto para nós e dizia algo como "Deus é piedoso para com as crianças, mas as crianças devem ser dignas também". E nós meio que baixávamos a nossa cabeça, não em razão da vergonha, mas para ocultar uma nova rodada de risadas. Hegbert não conseguia nos entender, e isso era bem estranho, porque ele também era pai. Talvez as coisas fossem diferentes, pois era pai de uma garota, mas prefiro falar sobre ela mais tarde.

De qualquer forma, como eu dizia, Hegbert escreveu *O Anjo do Natal* e resolveu que essa seria a peça apresentada no fim do ano. A peça em si não era ruim, devo admitir, e surpreendeu a todos no primeiro ano em que foi encenada. Basicamente, era a história de um homem que havia perdido sua esposa alguns anos antes. Esse homem, Tom Thornton, era muito religioso, mas teve uma crise de fé depois que sua esposa morreu durante o parto. Ele cria a filha sozinho, mas não é o melhor dos pais, e o que a garotinha realmente quer ganhar no Natal é uma caixinha de música especial com um anjo esculpido na tampa. Ela havia recortado a fotografia de um velho catálogo. O homem procura longa e intensamente pelo presente, mas não consegue achá-lo em lugar nenhum. Então, chega a véspera do Natal e ele ainda está procurando pela caixa de música, e, enquanto procura pelas lojas, se depara com uma mulher estranha, que nunca havia visto, e ela promete ajudá-lo a encontrar o presente para a sua filha. Entretanto, antes disso, eles ajudam uma pessoa sem-teto (que naquele tempo era chamada de esmoleiro), e depois param em um orfanato para visitar algumas crianças, e por fim, visitam uma mulher solitária, que só queria ter alguém para lhe fazer companhia na véspera de Natal. Nesse ponto, a mulher misteriosa pergunta a Tom Thornton o que ele deseja ganhar no Natal, e ele diz que gostaria de ter sua esposa de volta. Ela o leva até o chafariz da cidade, dizendo que ele deve olhar para a água e encontrará aquilo que está buscando. Quando ele olha para a água, vê o rosto de sua filha, e começa a chorar ali mesmo. Enquanto chora, a mulher misteriosa foge. Tom Thornton procura por ela, mas não consegue achá-la em lugar nenhum. Ele volta para casa, com as lições da noite ainda fortes em sua mente. Entra no quarto da filha pequena, que já está dormindo, e percebe que ela é tudo que restou de sua esposa. Tom começa a chorar novamente, porque sabe que não tem sido um bom pai. Na manhã seguinte, magicamente, a caixinha de música está debaixo da árvore de natal, e o anjo esculpido na tampa tem exatamente a mesma aparência da mulher que ele viu na noite anterior.

Não era ruim, de maneira nenhuma. Na verdade, as pessoas choravam a cântaros sempre que assistiam à apresentação. A peça tinha a lotação esgotada todos os anos, e, por causa da sua popularidade, Hegbert teve de tirar a peça da igreja e levá-la para o teatro de Beaufort, que tinha uma capacidade de público bem maior. Naquela época eu estava no último ano do ensino médio. Os espetáculos aconteciam em duas sessões com a lotação esgotada, e, considerando quem atuava na peça, era uma história em si mesma.

Perceba: Hegbert queria que pessoas jovens atuassem na peça — os que estavam no último ano do ensino médio, não o grupo de teatro. Eu imagino que ele pensava que seria uma boa experiência antes que os alunos do último ano saíssem da cidade e fossem para alguma faculdade, ficando frente a frente com os fornicadores. Você sabe, ele era o tipo de pessoa que sempre queria nos salvar das tentações, e que soubéssemos que Deus sempre está zelando por nós, mesmo quando estamos longe de casa, e que, se você confiar em Deus, tudo vai dar certo no final. Era uma lição que eu acabaria aprendendo com o tempo, mas não seria Hegbert que a ensinaria para mim.

Como eu disse antes, Beaufort era uma cidade típica do sul dos Estados Unidos, embora tivesse uma história bem interessante. O pirata Barba Negra uma vez chegou a ter uma casa lá, e acredita-se que o seu navio, *A Vingança da Rainha Anne*, esteja enterrado na areia em algum lugar perto do litoral. Recentemente, alguns arqueólogos, oceanógrafos, ou sabe-se lá que tipo de gente que procura por essas coisas, disseram que o haviam encontrado, mas ninguém tem certeza ainda, pois não dá para simplesmente abrir o porta-luvas e verificar o registro daquele veículo. Beaufort mudou bastante desde a década de 1950, mas ainda não é exatamente uma grande metrópole nem nada do gênero. Beaufort era, e sempre será, uma cidade de pequeno porte. Quando eu era criança, ela mal aparecia nos mapas. Para ilustrar essa situação, o distrito congressional que incluía Beaufort abrangia toda a parte oriental do Estado — mais de 50 mil quilômetros quadrados — e não havia uma única cidade com mais de 25 mil habitantes. Mesmo comparada àquelas cidades, Beaufort sempre era vista como sendo de pequeno porte. Tudo que havia a leste de Raleigh e a norte de Wilmington, até a divisa com o Estado da Virgínia, era o distrito que o meu pai representava.

Eu acho que você já deve ter ouvido falar dele. Ele é meio que uma lenda, mesmo nos dias de hoje. Seu nome é Worth Carter, e foi congressista durante quase trinta anos. O seu *slogan* durante a época das eleições, que aconteciam a cada dois anos, era "Worth Carter representa _________", e a pessoa deveria preencher aquele espaço com o nome da cidade onde residia. Eu me lembro de algumas viagens, quando eu e a minha mãe tínhamos de aparecer com ele para mostrar às pessoas que ele era verdadeiramente um homem de família. Dava para ver adesivos de para-choque com o *slogan* do meu pai, e nomes como Otway, Chocawinity e Seven Springs pintados com estêncil. Hoje em dia esse tipo de campanha não daria certo, mas naquela época era uma espécie relativamente sofisticada de publicidade. Eu acho que, se ele tentasse usar essa técnica nos dias de hoje, seus adversários políticos provavelmente colocariam todo o tipo de palavras obscenas no espaço em branco, mas, naquela época, nunca chegamos a ver algo do tipo. Exceto uma vez. Um fazendeiro do condado de Duplin escreveu a palavra "ordinário" no espaço em branco, e, quando minha mãe viu aquilo, cobriu meus olhos e fez uma prece, pedindo que o pobre bastardo ignorante fosse perdoado. Ela não usou exatamente essas palavras, mas eu entendi o que havia por trás delas.

Assim, meu pai, o Senhor Congressista, era um figurão, e todo mundo sabia disso, até mesmo o velho Hegbert. Eles não se davam bem, de jeito nenhum. E, apesar disso, meu pai ia à igreja de Hegbert sempre que estava na cidade, o que, para ser franco, não era algo muito comum de acontecer. Hegbert, além de acreditar que os fornicadores estavam condenados a limpar as latrinas do inferno, também acreditava que o comunismo era "uma doença que condenava a raça humana ao paganismo". Toda a congregação sabia que ele dirigia as suas palavras especificamente ao meu pai, sentado de olhos fechados e fingindo não ouvir. Meu pai era membro de um dos comitês do congresso que vigiava a "Influência Vermelha", que supostamente se infiltrava em todos os aspectos do país, incluindo a defesa nacional, o ensino superior, e até mesmo as plantações de tabaco. Lembre-se de que isso ocorreu durante a Guerra Fria; havia fortes tensões no ar, e os habitantes da Carolina do Norte precisavam de algo que trouxesse tudo isso para um nível mais pessoal. Meu pai constantemente procurava por fatos, que eram irrelevantes para pessoas como Hegbert.

Depois, quando meu pai voltava para casa após o culto, ele dizia algo como "O reverendo Sullivan estava ótimo hoje. Espero que você tenha ouvido aquela parte das Escrituras na qual Jesus falava sobre os pobres...".

Claro, pai, claro...

Meu pai tentava acalmar as situações, sempre que possível. Eu acho que é por isso que ele ficou no congresso durante tanto tempo. Ele podia beijar os bebês mais feios já concebidos pela raça humana e ainda era capaz de dizer algo gentil. "É uma criança muito tranquila" ou "Aposto que é a menina mais adorável do mundo", mesmo que ela tivesse uma mancha de nascença que lhe cobrisse o rosto inteiro. Houve uma vez em que uma senhora apareceu com uma criança em uma cadeira de rodas. Meu pai deu uma olhada no garoto e disse: "Aposto dez contra um que você é o garoto mais inteligente na sua sala de aula". E ele era! Pois é, meu pai era ótimo nessas coisas. Ele poderia competir com os melhores, com certeza. E não era uma pessoa maldosa, especialmente se você considerar o fato de que não me batia, nem fazia nada do tipo.

Mas ele não estava por perto enquanto eu crescia. Detesto dizer isso, porque hoje em dia as pessoas dizem esse tipo de coisa mesmo que seus pais estejam presentes, e usam essa bobagem para justificar seu comportamento. "Meu pai... Ele não me amava... É por isso que eu me tornei uma stripper e apareci no The Jerry Springer Show[1]." Não estou dizendo isso para justificar o tipo de pessoa que me tornei; simplesmente é um fato. Meu pai passava nove meses fora de casa, morando em um apartamento em Washington DC, a 500 quilômetros de distância. Minha mãe não foi com ele porque ambos queriam que eu crescesse "do mesmo jeito que eles cresceram".

É claro, o pai do meu pai o levou para caçar e pescar, ensinou-o a jogar bola, aparecia nas festas de aniversário e todas aquelas coisas pequenas que são importantes antes da idade adulta. Meu pai, por outro lado, era um estranho, alguém que eu mal conhecia. Nos primeiros cinco anos da minha vida, eu achava que todos os papais moravam em algum outro lugar. Foi somente quando meu melhor amigo, Eric Hunter, me perguntou no jardim de infância sobre o homem que apareceu na minha casa na noite anterior que me dei conta: havia alguma coisa que não estava muito certa naquela situação toda.

"Ele é meu pai", eu disse orgulhoso.

---

1 Programa popular da televisão americana, especializado em mostrar brigas e baixarias entre os participantes. (N. do T.)

"Ah," disse Eric, enquanto revirava a minha lancheira à procura do meu caramelo Milky Way. "Eu não sabia que você tinha pai."

Nada como ter um fato jogado direto na minha cara.

Assim, cresci sob os cuidados da minha mãe. Essa sim era uma boa senhora, amável e gentil, o tipo de mãe com a qual a maioria das pessoas sonha. Mas ela não era, nem poderia ser, uma influência masculina na minha vida, e esse fato, junto com a minha desilusão crescente em relação ao meu pai, fez com que me tornasse um tipo rebelde, mesmo quando era novo. Não o tipo maldoso, veja bem. Eu e meus amigos, às vezes, saíamos à noite para cobrir as janelas dos carros com sabão ou comer amendoins cozidos no cemitério atrás da igreja, mas, nos anos 1950, era o tipo de coisa que fazia outros pais e mães balançarem a cabeça e sussurrar para seus filhos: "Você não vai querer ser como aquele garoto, o Carter. Ele ainda vai acabar na cadeia".

Eu. Um *bad boy*. Simplesmente por comer amendoins cozidos no cemitério. Vai entender.

De qualquer maneira, meu pai e Hegbert não se davam bem, mas não era apenas por causa da política. Não. Parece que meu pai e Hegbert se conheciam há muito tempo. Hegbert era vinte anos mais velho do que o meu pai, e, antes de se tornar pastor, trabalhou para o pai do meu pai. Meu avô — ainda que tenha passado muito tempo com meu pai — era um verdadeiro desgraçado. Foi ele que conseguiu juntar a fortuna da família, mas não quero que você pense nele como o tipo de pessoa que se matava de trabalhar, executando suas tarefas com responsabilidade, observando a empresa crescer e prosperando lentamente com o tempo. Meu avô era muito mais esperto do que isso. A maneira que ele encontrou para ganhar dinheiro era simples — começou como contrabandista, acumulando riquezas durante a Lei Seca, importando rum de Cuba ilegalmente. Depois começou a comprar terras e a contratar arrendatários para trabalhar na lavoura. Ele ficava com 90% do dinheiro que os arrendatários faturavam com a plantação de tabaco, e depois lhes emprestava dinheiro sempre que precisassem, normalmente a juros exorbitantes. E ele não estava interessado em receber o dinheiro de volta. Em vez disso, procurava receber os pagamentos das dívidas tomando terras ou equipamentos que seus devedores possuíam. Então, naquilo que ele chamou de "seu momento de inspiração", fundou um banco chamado Carter Finanças e Empréstimos. O único outro banco em um raio de dois condados foi misteriosamente destruído em um incêndio, e, com o advento da Grande Depressão após a quebra da Bolsa de Valores de 1929, nunca reabriu. Embora todos soubessem o que realmente havia acontecido, nenhuma palavra foi dita por medo de represálias, e o medo tinha um bom fundamento. Aquele banco não foi o único imóvel que havia sido misteriosamente destruído por um incêndio.

As taxas de juros que ele cobrava eram absurdas, e, pouco a pouco, começou a adquirir mais terras e propriedades, conforme as pessoas ficavam sem condições de pagar suas hipotecas e empréstimos. Quando a Grande Depressão estava na sua pior fase, tornou-se dono de dezenas de empresas por todo o condado, enquanto mantinha os antigos proprietários como empregados trabalhando em troca de salário, que mal era o suficiente para mantê-los onde estavam, já que não tinham nenhum lugar para ir. Ele dizia que venderia as empresas de volta aos seus antigos donos quando a economia melhorasse, e as pessoas sempre acreditaram nele.

Mas nunca cumpriu aquela promessa. Depois de um tempo, controlava uma imensa porção da economia do condado, e abusava do seu poder de todas as formas possíveis e imagináveis.

Eu gostaria de dizer que ele encontrou seu fim em uma morte terrível, mas não foi bem assim. Ele morreu de velhice enquanto dormia com uma amante em seu iate, próximo às Ilhas Cayman. Ele viveu mais do que as suas duas esposas e seu único filho. Que final feliz para um cara daqueles, hein? A vida, eu aprendi, nunca é justa. Deveriam ensinar isso nas escolas.

Mas, voltando à história... Quando Hegbert percebeu que meu avô era realmente um cara desprezível, pediu demissão e entrou para a vida religiosa. Depois, voltou para Beaufort e começou a presidir a mesma igreja que nós frequentávamos. Ele passou seus primeiros anos aperfeiçoando o discurso sobre o fogo do inferno com sermões mensais sobre a crueldade dos gananciosos, e isso lhe deixava pouco tempo para qualquer outra coisa. Ele tinha 43 anos quando casou; e tinha 53 anos quando sua filha, Jamie Sullivan, nasceu. Sua esposa, uma mulher magra e pequena, vinte anos mais nova do que ele, passou por seis abortos espontâneos antes que Jamie nascesse, e mesmo assim acabou morrendo no parto, fazendo de Hegbert um viúvo que teve de criar a filha sozinho.

Portanto, aí está a história por trás da peça de teatro.

As pessoas conheciam a história até mesmo antes da primeira encenação da peça. Era uma daquelas histórias que eram contadas sempre que Hegbert batizava uma criança ou comparecia a um enterro. Todos sabiam, e é por isso, eu acho, que tantas pessoas se emocionavam quando assistiam à peça de natal. Eles sabiam que ela era baseada em uma história real, e isso lhe dava um significado todo especial.

Jamie Sullivan também estava no último ano do ensino médio, assim como eu, e já havia sido escolhida para interpretar o anjo, mesmo porque ninguém mais tinha condições de competir com ela. Isso, é claro, tornava a apresentação ainda mais especial naquele ano. Ia ser um evento e tanto, talvez o maior de todos os tempos — pelo menos era o que a Srta. Garber dizia. Ela era professora de arte dramática, e já estava empolgada com as possibilidades na primeira vez em que a encontrei na sala de aula.

Não estava nos meus planos fazer aulas de teatro naquele ano. Realmente não estava, mas era aquilo ou fazer química II. Eu achei que seria uma matéria sem compromisso, especialmente comparada com a minha outra opção. Nenhum trabalho para entregar, nenhuma prova, nenhuma tabela que eu tivesse de memorizar prótons e nêutrons e combinar elementos com as fórmulas adequadas... O que poderia ser melhor para alguém no último ano do ensino médio? Parecia não haver erro na minha escolha, e, quando me registrei para aquelas aulas, achei que conseguiria simplesmente passar quase todas as aulas dormindo, o que, considerando os meus hábitos noturnos de comer amendoins, era algo relativamente importante naquela época.

No primeiro dia de aula fui um dos últimos a chegar, entrando poucos segundos antes que a sirene tocasse, e me sentei no fundo da sala. A Srta. Garber estava de costas para os alunos, ocupada escrevendo seu nome em grandes letras cursivas no quadro, como se não soubéssemos quem ela era. Todos sabiam — era impossível não conhecê-la. Ela era enorme, com quase 1,90 m de altura, com um cabelo ruivo flamejante e uma pele clara que ressaltava suas sardas, mesmo após os 40 anos. Ela também estava acima do peso — honestamente, acho que passava dos 100 quilos — e tinha uma predileção por longos vestidos floridos. Ela usava óculos grossos de aros escuros, e cumprimentava a todos com um "Oláää", quase cantando a última sílaba. A Srta. Garber era única, com certeza, e era solteira, o que deixava tudo ainda pior. Era difícil para um homem, independente da idade que tivesse, não sentir pena de uma mulher como ela.

Depois do seu nome, escreveu os objetivos que pretendia alcançar naquele ano. "Autoconfiança" era o primeiro, seguido por "autoconhecimento" e, por último, "autorrealização". A Srta. Garber gostava muito de palavras iniciadas com "auto", o que a colocava bem além da média considerada pela psicoterapia, embora talvez não percebesse isso na época. A Srta. Garber foi pioneira naquele campo. Talvez tivesse a ver com a sua aparência; talvez simplesmente estivesse tentando se sentir melhor, apesar de si mesma.

Mas estou divagando.

Só percebi que havia algo estranho depois que a aula começou. Embora a Escola de Beaufort não fosse grande, eu sabia que havia uma quantidade quase igual de garotos e garotas. Foi por isso que fiquei surpreso quando vi que pelo menos 90% daquela sala era composta por garotas. Só havia outro rapaz na turma, o que, na minha cabeça, era algo legal, e, por um momento, me empolguei com uma sensação de "Cuidado, mundo, aqui vou eu". Garotas, garotas, garotas... Eu não conseguia evitar o pensamento. Garotas, garotas e nenhuma prova à vista.

Certo, talvez eu não fosse o tipo de pessoa que pensava adiante.

Assim, a Srta. Garber mostra a peça de natal e diz a todos que Jamie Sullivan será o anjo naquele ano. A Srta. Garber começou a aplaudir imediatamente — ela também frequentava a igreja — e havia muitas pessoas que pensavam que estava atrás de Hegbert, romanticamente falando. Na primeira vez que ouvi isso, lembro-me de ter pensado que era bom que ambos estivessem velhos demais para terem filhos, se é que um dia ficariam juntos. Imagine só — pele transparente e com sardas? Simplesmente pensar nisso fazia todo mundo ter arrepios, mas, é claro, ninguém nunca falou nada sobre isso, pelo menos enquanto a Srta. Garber e Hegbert estavam por perto. Fofoca é uma coisa, e fofoca maldosa é outra, completamente diferente. Mesmo durante o ensino médio nós não éramos tão cruéis.

A Srta. Garber continuou aplaudindo, sozinha por alguns momentos, até que todos começamos a bater palmas também, porque obviamente era o que ela queria. "Levante-se, Jamie", ela disse. Então, Jamie se levantou e virou-se, e a Srta. Garber começou a aplaudir ainda mais rápido, como se estivesse na presença de uma estrela de cinema.

Jamie Sullivan era uma boa garota. De verdade. Beaufort era tão pequena que só tinha uma escola primária, então nós estivemos na mesma classe durante a vida inteira, e eu estaria mentindo se dissesse que nunca conversei com ela. Uma vez, no segundo ano, ela se sentou na carteira ao lado da minha o ano inteiro, e nós chegamos até a conversar algumas vezes, mas isso não significa que eu tenha passado muito tempo ao redor dela depois que as aulas acabavam. As pessoas com quem eu conversava na escola eram uma coisa; as pessoas com quem eu conversava depois da escola eram algo totalmente diferente, e Jamie nunca havia estado no meu calendário social.

Não que Jamie não fosse atraente — não me entenda mal. Ela não era horrorosa, nem nada perto disso. Felizmente, havia puxado a mãe, o que, baseado nas fotos que eu vi, não era de todo mal, especialmente considerando a pessoa com quem ela se casou. Mas Jamie também não era exatamente o que eu considerava atraente. Apesar de ser magra, com cabelo loiro tom mel e olhos azuis gentis, na maior parte do tempo parecia simplesmente... sem sal, e isso quando você conseguia percebê-la. Jamie não se importava muito com aparências, porque sempre estava procurando por coisas como "a beleza interior", e eu acho que isso é parte da razão pela qual ela tinha aquela aparência. Desde que a conheci — e isso faz muito tempo, lembre-se — ela sempre arrumava o cabelo em um coque, um penteado apropriado para uma senhora solteirona, e nunca usava nenhum tipo de maquiagem no rosto. Com o seu habitual blusão marrom e sua saia xadrez, ela parecia sempre estar a caminho da biblioteca para uma entrevista de emprego. Nós pensávamos que era fase, e que algum dia ela se cansaria daquilo, mas isso nunca aconteceu. Durante nossos primeiros três anos do ensino médio, ela não tinha mudado nada. A única coisa que havia mudado foi o tamanho das suas roupas.

Mas a aparência de Jamie não era a única coisa que a tornava diferente; também havia o jeito dela. Jamie nunca aparecia na lanchonete Cecil's Diner e nunca passava a noite na casa das suas amigas, e eu sabia que ela nunca havia tido um namorado. O velho Hegbert provavelmente teria um ataque do coração se isso acontecesse. Mas, mesmo se Hegbert viesse a permitir tal coisa, por algum capricho do destino, não faria diferença. Jamie levava sua *Bíblia* para qualquer lugar que fosse, e, se a sua aparência e Hegbert não fossem capaz de afastar os garotos, a *Bíblia* certamente conseguia. Bem, eu gostava da *Bíblia* tanto quanto qualquer garoto adolescente, mas Jamie parecia gostar daquele livro de uma maneira que era completamente estranha para mim. Por mais de uma vez passou as férias escolares indo para a Escola Bíblica, e ela lia a *Bíblia* durante o intervalo para o almoço na escola. Eu pensava que ela simplesmente não era normal, apesar de que fosse a filha do pastor. Mesmo assim, não importava como você abordava as cartas do apóstolo Paulo para os efésios. Não era tão divertido quanto paquerar, se é que você me entende.

Mas Jamie não parava por aí. Por causa de seu hábito de ler a *Bíblia*, ou talvez por causa da influência de Hegbert, Jamie acreditava que era importante ajudar os outros, e ajudar os outros era exatamente o que ela fazia. Eu sabia que ela prestava serviços voluntários no orfanato de Morehead City, mas para ela aquilo simplesmente não era o bastante. Ela sempre estava ocupada com a organização de algum evento para angariar fundos, ajudando a todos, desde os escoteiros até os grupos de pais e filhas, e eu sabia que, aos 14 anos, passou uma parte do verão ajudando a pintar as paredes externas da casa de um vizinho idoso. Jamie era o tipo de garota que tirava as ervas daninhas do gramado de alguém sem que lhe pedissem, ou que parava o trânsito para ajudar crianças pequenas a atravessar a rua. Ela guardava a sua mesada para comprar uma nova bola de basquete para os órfãos, ou simplesmente colocava o dinheiro na caixa de doações da igreja durante o culto de domingo. Em outras palavras, era o tipo de garota que fazia com que todos os outros sentissem vergonha de si mesmos. E, sempre que olhava para mim, eu não conseguia evitar a sensação de culpa, mesmo que não tivesse feito nada errado.

Jamie não fazia boas ações para ajudar somente as pessoas. Se encontrasse algum animal ferido, por exemplo, tentaria ajudá-lo também. Gambás, esquilos, cães, gatos, rãs... Não importava para ela. O doutor Rawlings, o veterinário, a conhecia de vista, e ele sempre balançava a cabeça, desapontado, quando ele a via chegando à sua porta, carregando uma caixa de papelão com outra criaturazinha dentro. Ele tirava os óculos e os limpava com seu lenço enquanto Jamie explicava como havia encontrado o pobre animal e o que havia acontecido com ele. "Ele foi atropelado, Dr. Rawlings. Eu acho que estava nos planos de Deus que eu o encontrasse e tentasse salvá-lo. O senhor vai me ajudar, não vai?"

Com Jamie, tudo estava nos planos de Deus. Aquilo era outra coisa. Ela sempre mencionava os planos de Deus quando se conversava com ela, qualquer que fosse o assunto. O jogo de beisebol foi cancelado por causa da chuva? Devem ter sido os planos de Deus para impedir que algo pior acontecesse. Uma prova surpresa de trigonometria, na qual toda a sala tirava nota baixa? Dar-nos desafios devia estar nos planos de Deus. Dá para você ter uma ideia do que eu estou falando.

E, claro, sempre havia Hegbert, e isso não deixava a coisa mais fácil. Ser a filha do pastor não deveria ser fácil, mas ela fazia parecer a coisa mais natural do mundo, e dizia que era feliz por ter sido abençoada daquela forma. É assim que ela costumava falar: "Eu me sinto muito abençoada por ter um pai como o meu". Sempre que ela dizia isso, tudo que podíamos fazer era balançar a cabeça e imaginar de qual planeta tinha vindo.

Apesar de tudo isso, a única coisa que realmente me deixava louco a seu respeito era o fato de sempre estar alegre, não importava o que estivesse acontecendo ao seu redor. Posso jurar que aquela garota nunca disse uma única coisa ruim ou maldosa sobre nada nem ninguém, mesmo sobre aqueles de nós que não a tratavam bem. Ela cantarolava para si mesma enquanto andava pela rua, acenava para os estranhos que passavam dirigindo seus carros. Às vezes, algumas senhoras saíam correndo de suas casas para ver se ela estava passando, e lhe ofereciam pão de abóbora que estiveram assando o dia inteiro, ou limonada se o sol estivesse muito forte. Parecia que todos os adultos da cidade a adoravam. "Ela é uma jovem tão adorável", diziam eles, sempre que o nome de Jamie surgia nas conversas. "O mundo seria um lugar melhor se houvesse mais pessoas como ela."

Mas meus amigos e eu não compartilhávamos daquela opinião. Para nós, uma única Jamie Sullivan era mais do que suficiente.

Eu estava pensando sobre tudo isso quando Jamie foi até a frente da classe no nosso primeiro dia de aula de arte dramática, e admito que não tinha muito interesse em vê-la. Ela estava usando uma saia xadrez com uma blusa branca por baixo de seu blusão marrom que eu havia visto inúmeras vezes, mas havia duas novas saliências no seu peito que eu podia jurar que não estavam ali há três meses. Jamie nunca usava maquiagem, mas estava com um bronzeado perceptível, provavelmente por causa da Escola Bíblica, e, pela primeira vez, ela parecia... bem, quase bonita. Claro, eu ignorei aquele pensamento imediatamente, mas, quando ela olhou pela sala, ela parou e sorriu diretamente para mim, obviamente feliz em ver que eu estava na sala. Demorou algum tempo até que eu soubesse a razão.

Capítulo 2

Depois do ensino médio, eu tinha planos de ir para a Universidade da Carolina do Norte, em Chapel Hill. Meu pai queria que eu fosse para Harvard ou Princeton, como alguns dos filhos de outros congressistas, mas, com as minhas notas, não seria possível. Não que eu fosse um mau aluno. Eu simplesmente não me concentrava o bastante nos estudos, e as minhas notas não estavam exatamente no nível requerido pelas melhores universidades. No último ano do ensino médio, nem tinha muita certeza de que seria aceito na UCN, e aquela era a *alma mater* do meu pai, um lugar onde ele poderia dar um jeitinho. Durante um dos poucos fins de semana em que ele estava em casa, meu pai elaborou um plano para me colocar lá. Eu havia acabado de concluir minha primeira semana na escola e nós estávamos sentados à mesa para o jantar. Ele ficaria em casa por três dias, em razão do fim de semana do Dia do Trabalho.

— Eu acho que você deveria concorrer à eleição para presidente do grêmio estudantil — ele disse. — Você vai se formar em junho, e acho que isso vai dar um peso maior ao seu histórico escolar. A sua mãe também concorda.

Minha mãe fez que sim com a cabeça, enquanto mastigava um punhado de ervilhas. Ela não tinha o hábito de falar muito quando meu pai estava sob os holofotes, mas piscou o olho para mim. Às vezes, acho que a minha mãe gostava de me ver em maus lençóis, embora fosse uma pessoa adorável.

— Eu acho que não tenho muita chance de vencer — disse. Embora, provavelmente, fosse o garoto mais rico da escola, com certeza não era o mais popular. Essa honra pertencia a Eric Hunter, meu melhor amigo. Ele conseguia arremessar uma bola de beisebol a quase 140 quilômetros por hora, e levou o time de futebol americano da escola a uma vitória invicta no campeonato estadual, jogando como *quarterback*. Ele era um cara bonitão. Até o nome dele era mais interessante do que o meu.

— Claro que você tem chance de vencer — disse meu pai rapidamente. — Nós, Carters, sempre vencemos.

Aquele era outro motivo pelo qual eu não gostava de passar muito tempo com meu pai. Durante as poucas ocasiões em que ele estava em casa, acho que insistia em querer me colocar em um molde e me transformar em uma versão em miniatura dele. Como cresci sem tê-lo por perto, de maneira geral, acabava me ressentindo quando voltava para casa. Aquela era a primeira conversa que tínhamos em meses. Ele raramente conversava comigo ao telefone.

— Mas e se eu não quiser?

Meu pai pousou o garfo no prato, ainda com um pedaço de carne de porco espetado. Ele me olhou irritado, me examinando. Estava usando um de seus ternos, embora a temperatura dentro da casa passasse dos 25 °C, e isso fazia com que a sua presença ficasse ainda mais intimidadora. Meu pai sempre usava ternos.

— Eu acho — ele disse lentamente — que seria uma boa ideia.

Eu sabia que, quando ele falava daquela maneira, o assunto estava resolvido. Era assim que as coisas funcionavam na minha família. A palavra do meu pai era lei. Mas o fato era que, mesmo depois de ter concordado, eu realmente não queria aquilo para mim. Eu não queria gastar minhas tardes em reuniões com os professores depois das aulas — depois das aulas! — todas as semanas, até o final do ano, tendo de inventar temas para as danças comemorativas ou tendo de decidir quais deviam ser as cores das bandeirolas esportivas. É isso que os presidentes do grêmio estudantil faziam, pelo menos quando eu estava na escola. Os diretores nunca deixariam os alunos decidirem qualquer coisa que tivesse a mínima importância.

Mesmo assim, eu sabia que meu pai tinha certa razão ao propor aquilo. Se eu quisesse ir para a UCN, tinha de fazer alguma coisa. Eu não jogava futebol americano nem basquete, não tocava nenhum instrumento musical, não estava no clube de xadrez, nem no clube de boliche, nem em nenhuma outra instituição escolar. Eu não era o melhor dos alunos da sala — droga, eu não era o melhor em nada. Cada vez mais desanimado, comecei a fazer uma lista das coisas em que realmente era bom, mas, para ser honesto, não havia muitos itens nessa lista. Eu era capaz de fazer e desfazer oito tipos de nós náuticos, conseguia andar descalço sobre o asfalto quente por uma distância maior do que qualquer outra pessoa, equilibrar um lápis na ponta do dedo por 30 segundos... Mas eu imaginava que essas coisas não seriam levadas em conta no processo seletivo das faculdades. Então, ali estava eu, deitado na minha cama a noite inteira, lentamente me dando conta de que era um completo fracassado. Agradeci ao meu pai por me sentir daquele jeito.

Na manhã seguinte fui até o escritório do diretor e coloquei meu nome na lista de candidatos. Havia duas outras pessoas concorrendo — John Foreman e Maggie Brown. Cá entre nós, eu já sabia que John não tinha a menor chance. Ele era o tipo de gente que fica puxando fiapos das roupas das pessoas com quem conversa, mas ele era um bom aluno. O tipo que senta na primeira fileira de carteiras e sempre levanta a mão quando a professora faz alguma pergunta. Se ele fosse escolhido para dar uma resposta, quase sempre teria a resposta correta, e depois olharia de um lado para o outro com ar esnobe, como se estivesse provando que o seu intelecto era superior ao dos pobres coitados que estudavam na mesma sala. Eric e eu costumávamos atirar bolinhas de papel cobertas com cuspe nele quando o professor ficava de costas para os alunos.

Maggie Brown era uma questão completamente diferente. Ela também era uma boa aluna. Ela havia participado do conselho estudantil durante os primeiros três anos, e havia sido representante de classe no ano anterior. A única desvantagem que ela tinha era o fato de não ser muito atraente, e de ter engordado uns oito quilos durante o verão. Eu sabia que nenhum dos rapazes da sala votaria nela.

Depois de ver os concorrentes, achei que poderia ter alguma chance, afinal de contas, o meu futuro estava em jogo, e foi assim que formulei minha estratégia. Eric foi o primeiro a concordar.

— Claro, vou convencer todos os caras do time a votarem em você, sem problemas. Se é isso mesmo o que você quer.

— Que tal pedir para as namoradas deles também? — perguntei.

Essa foi praticamente a minha campanha inteira. Claro, fui aos debates conforme o esperado, e entreguei aqueles panfletos patéticos dizendo o que faria se fosse eleito presidente do grêmio estudantil, mas, no final das contas, foi Eric Hunter que me ajudou a chegar aonde eu precisava. A Escola de Beaufort tinha apenas uns 400 alunos, e, assim sendo, conseguir os votos dos alunos que estavam nos times esportivos era crucial. A maioria dos atletas não estava nem aí para a pessoa em quem votavam. No final, funcionou tudo exatamente como eu havia planejado.

Fui eleito presidente do grêmio estudantil com uma boa maioria. Mas não fazia ideia dos problemas que isso me causaria.

Quando estava no segundo ano do ensino médio, namorei sério uma garota chamada Ângela Clark. Ela foi a minha primeira namorada de verdade, embora o namoro só tenha durado alguns meses.

Um pouco antes do início das férias de verão ela me trocou por um cara chamado Lew, que tinha 20 anos e trabalhava como mecânico na oficina do pai. O seu principal atributo, até onde eu sei, era o fato de ter um carro bem legal. Ele sempre usava uma camiseta branca com um maço de cigarros Camel enfiado na dobra da manga, e se apoiava no capô do seu Ford Thunderbird, olhando de um lado para o outro, dizendo coisas como "Oi, princesa" sempre que uma garota passava perto. Ele era um cara extraordinário, se é que você me entende.

De qualquer forma, o baile em honra aos ex-alunos da escola estava chegando, e, por causa de toda aquela situação com Ângela, eu ainda não tinha uma namorada. Todos no conselho estudantil tinham de comparecer ao baile — era obrigatório. Eu tinha de ajudar a decorar o ginásio e a limpar a bagunça no dia seguinte — e, além disso, era uma ocasião bem divertida. Eu liguei para algumas garotas que conhecia, mas elas já tinham aceitado o convite de alguém para ir ao baile, e então liguei para algumas outras. Elas também já estavam comprometidas. Na última semana, as escolhas estavam ficando cada vez menores. As opções ficaram reduzidas às garotas que usavam óculos de lentes grossas ou que falavam com a língua presa. Beaufort nunca foi exatamente um berço para garotas bonitas, de qualquer maneira, mas, mesmo assim, eu precisava encontrar alguém. Eu não queria ir ao baile sem uma garota — o que as pessoas pensariam? Eu seria o único presidente na história do grêmio estudantil a ir ao baile desacompanhado. Eu acabaria sendo o cara que passaria a noite toda servindo ponche ou limpando as poças de vômito no banheiro. Era isso que as pessoas desacompanhadas geralmente faziam.

Quase entrando em pânico, peguei o livro com o retrato dos alunos do ano anterior e comecei a folhear página por página, procurando por alguém que talvez ainda não tivesse companhia. Primeiro, olhei a página das alunas que estavam no último ano. Embora a maioria estivesse morando em outras cidades por causa da faculdade, algumas ainda estavam em Beaufort. Ainda que eu achasse que não tinha muita chance com elas, liguei assim mesmo, e comprovei a minha teoria de forma incontestável. Não consegui encontrar ninguém — pelo menos, ninguém que quisesse ir ao baile comigo. Eu lhe digo, estava aprendendo muito bem a lidar com a rejeição, mas isso não é o tipo de coisa que um dia a gente vai querer contar para os netos. Minha mãe entendia a situação, e ela finalmente veio até o meu quarto e sentou-se na cama ao meu lado.

— Se você não está conseguindo arrumar companhia, ficarei feliz em ir ao baile com você — ela disse.

— Obrigado, mãe — eu falei, abatido.

Quando ela saiu do quarto, me senti ainda pior do que antes. Nem mesmo a minha mãe acreditava que eu seria capaz de arrumar uma garota para ir ao baile. E se eu aceitasse a proposta e aparecesse com ela? Eu não conseguiria suportar a vergonha nem que vivesse cem anos.

Havia outro cara no mesmo barco que eu, já que toquei no assunto. Carey Dennison havia sido eleito tesoureiro, e também estava sem companhia para o baile. Carey era o tipo de pessoa com quem ninguém gostava de conversar, e só foi eleito para o cargo porque foi o único que se candidatou a ele. Mesmo assim, acho que ele venceu por pouco. Ele tocava tuba na banda marcial da escola, e o seu corpo parecia ser todo desproporcional, como se tivesse parado de crescer na metade da puberdade. Ele tinha uma barriga grande e braços e pernas desengonçados, também falava com uma voz aguda — que, preciso reconhecer, era o que fazia dele um bom tocador de tuba — e nunca parava de fazer perguntas. "Onde você foi no último fim de semana? Foi legal? Pegou alguma garota?" Ele nem esperava pela resposta, e ficava constantemente andando à sua volta enquanto fazia aquelas perguntas, de modo que você sempre tinha de segui-lo pela sala com os olhos para mantê-lo na linha de visão. Eu poderia jurar que ele é a pessoa mais irritante que já conheci. Se eu não conseguisse arrumar uma garota para ir comigo ao baile, ele provavelmente ficaria ao meu lado a noite inteira, fazendo perguntas como algum promotor obsessivo em um tribunal.

E lá estava eu, folheando o livro com o retrato dos alunos. Quando cheguei à seção com as fotos dos alunos do penúltimo ano, vi a foto de Jamie Sullivan, parei por um segundo, e depois virei a página, me amaldiçoando por ter ousado pensar naquilo. Gastei uma hora inteira procurando por qualquer uma que tivesse uma aparência minimamente agradável, mas lentamente me dei conta de que não havia sobrado ninguém. Finalmente voltei para a página com a foto dela e olhei novamente. Ela não era feia, eu disse a mim mesmo, e era realmente um doce. "Provavelmente vai aceitar", eu pensei...

Fechei o livro. Jamie Sullivan? A filha de Hegbert? De jeito nenhum. Absolutamente não. Meus amigos me assariam vivo.

Mas, comparado a levar a minha mãe como acompanhante, limpar vômito no banheiro, ou até mesmo, que Deus me valesse... Carey Dennison?

Eu passei o resto da tarde debatendo os prós e contras do meu dilema. Acredite, repassei cada detalhe, mas, no final, a escolha era óbvia, até mesmo para mim. Eu tinha de convidar Jamie para o baile, e estava andando no meu quarto, pensando em qual seria a melhor maneira de falar com ela.

Foi então que me dei conta de algo terrível, uma coisa absolutamente aterradora. Carey Dennison, eu percebi repentinamente, provavelmente estava fazendo a mesma coisa que eu naquele momento. Ele provavelmente estava folheando o livro com a foto dos alunos também! Ele era esquisito, mas não era o tipo de cara que gostava de limpar vômito, e, se você visse a mãe dele, você entenderia que a alternativa para ele era pior do que a minha. E se ele fosse o primeiro a convidar Jamie? Ela não diria não a Carey, e, realisticamente, ela era a única opção que ele tinha. Ninguém mais se arriscaria a aparecer ao lado dele no baile. Jamie ajudava todo mundo — ela era uma daquelas santas padroeiras das oportunidades iguais. Ela provavelmente ouviria a voz esganiçada de Carey, veria a bondade que irradiava do coração dele, e aceitaria sem pensar duas vezes.

Assim, eu estava lá, sentado no meu quarto, inquieto com a possibilidade de que Jamie poderia não ir ao baile comigo. Eu nem consegui dormir naquela noite, e foi uma das experiências mais estranhas que já tive. Eu não acho que alguém já tenha se angustiado a respeito de convidar Jamie para sair antes. O meu plano era falar com ela logo no início da manhã, enquanto ainda tinha coragem, mas Jamie não foi à escola. Eu presumi que estava trabalhando com os órfãos em Morehead City, como fazia todos os meses. Alguns de nós haviam tentado matar aula usando essa desculpa também, mas Jamie foi a única que conseguiu convencer a direção da escola. O diretor sabia que ela estava lendo para eles, ensinando-os a fazer artesanato ou brincando com jogos. Ela não fugiria para a praia, não mataria o tempo na lanchonete Cecil's Diner, ou qualquer outra coisa do tipo. Pensar em qualquer dessas possibilidades era absolutamente ridículo.

— Já arrumou companhia para o baile? — Eric perguntou entre uma aula e outra. Ele sabia muito bem que eu não tinha conseguido nada ainda, mas, mesmo sendo meu melhor amigo, gostava de me esfregar algumas coisas na cara de vez em quando.

— Ainda não — respondi — mas estou quase.

No fim do corredor, Carey Dennison estava mexendo em seu armário. Eu juro que o percebi me encarando com raiva quando achava que eu não estava olhando.

Era um daqueles dias.

Os minutos se arrastavam durante a última aula. Eu pensava — se Carey e eu sairmos ao mesmo tempo, eu conseguirei chegar à casa de Jamie antes dele, com aquelas pernas desengonçadas e tudo mais. Eu comecei a me preparar mentalmente, e, quando o sino tocou, saí correndo da escola a toda velocidade. Eu voei baixo por cerca de 100 metros, e comecei a ficar cansado. Foi aí que senti uma cãibra fisgar. Em pouco tempo, tudo o que conseguia fazer era andar, mas aquela cãibra realmente começou a me dominar, e eu tinha de me curvar e apertar logo abaixo das costelas enquanto continuava andando. Conforme andava pelas ruas de Beaufort, eu parecia uma versão asmática do Corcunda de Notre Dame.

Atrás de mim, pensei ter ouvido o riso esganiçado de Carey. Eu me virei, apertando os dedos com força na minha própria carne para aplacar a dor, mas não consegui vê-lo. Talvez ele estivesse cortando caminho pelo quintal de alguém. Aquele maldito desgraçado, não se podia confiar nele nem por um minuto.

Eu comecei a cambalear ainda mais rápido, e em pouco tempo cheguei à rua de Jamie. Naquele momento eu já estava todo suado — minha camisa estava encharcada — e eu ainda respirava com bastante dificuldade. Bem, alcancei os degraus da entrada da casa dela, esperei um segundo para recuperar o fôlego e finalmente bati na porta. Apesar da minha corrida desabalada em direção à casa dela, meu lado pessimista presumia que Carey seria a pessoa que viria abrir a porta para mim. Eu imaginei que ele sorriria para mim com um olhar vitorioso, daqueles que essencialmente querem dizer "Desculpe, meu chapa, mas você chegou tarde demais".

Mas não foi Carey quem apareceu, e sim Jamie. E pela primeira vez na minha vida pude enxergar a aparência que aquela garota teria se fosse uma pessoa normal. Ela estava usando jeans e uma blusa vermelha, e, embora seu cabelo ainda estivesse preso em um coque, parecia estar bem mais informal do que normalmente eu esperaria. Percebi que ela poderia realmente ser bonita se desse a si mesma essa oportunidade.

— Landon — ela disse enquanto segurava a porta aberta — que surpresa! — Jamie sempre ficava feliz ao ver qualquer pessoa, incluindo a mim, embora eu achasse que a minha aparência a havia assustado.

— Parece que você andou se exercitando — ela disse.

— Na verdade não — menti, passando a mão na testa. Por sorte, a cãibra estava desaparecendo rapidamente.

— Sua camisa está encharcada de suor.

— Ah, isso aqui? — Eu olhei para a minha camisa. — Ah, não é nada. Às vezes eu suo demais.

— Seria bom se você falasse com um médico sobre isso.

— Não se preocupe, vou ficar bem.

— Vou fazer uma oração por você mesmo assim — ela ofereceu com um sorriso. Jamie sempre estava orando por alguém. Talvez eu pudesse entrar para o clube.

— Obrigado — eu disse.

Ela baixou os olhos e mexeu os pés por um momento.

— Bem, eu convidaria você para entrar, mas meu pai não está em casa, e ele não permite que rapazes entrem na casa quando não está aqui.

— Oh — eu disse, abatido — não tem problema. Podemos falar aqui mesmo, eu acho. — Se as coisas fossem do meu jeito, eu preferiria falar com ela a portas fechadas.

—Você quer tomar uma limonada enquanto conversamos? — ela perguntou. — Eu acabei de fazer.

— Eu adoraria — respondi.

— Eu já volto. Ela entrou novamente, deixando a porta aberta, e eu dei uma rápida olhada no lugar. Pude perceber que a casa era pequena, mas bem cuidada, com um piano encostado em uma das paredes e um sofá do lado oposto. Um pequeno ventilador oscilava em um canto. Na mesinha de centro havia livros com nomes como *Conversando com Jesus* e *A Fé É a Resposta*. A *Bíblia* dela estava lá, também, aberta no livro de Lucas.

Alguns momentos depois, Jamie voltou com a limonada, e nós nos sentamos em duas cadeiras perto do canto da varanda. Eu sabia que ela e Hegbert se sentavam ali ao cair da noite, porque eu passava por aquela rua de vez em quando. Assim que nos sentamos, eu vi a

Sra. Hastings, a vizinha da frente, acenar para nós. Jamie acenou de volta enquanto eu tentava arrastar a minha cadeira de modo que a Sra. Hastings não visse o meu rosto. Embora eu fosse convidar Jamie para o baile, não queria que ninguém — nem mesmo a Sra. Hastings — me visse ali, pois havia uma possibilidade remota de que ela já tivesse aceitado o pedido de Carey. Uma coisa era ir com Jamie; outra coisa era ser rejeitado por causa de um cara como Carey.

— O que você está fazendo? — Jamie perguntou. — Você está colocando a sua cadeira bem na direção do sol.

— Eu gosto do sol — respondi. Ela estava certa. Quase imediatamente pude sentir os raios do sol queimando através da minha camisa e me fazendo suar novamente.

— Se é isso que você quer, tudo bem — ela disse, sorrindo. — Então, sobre o que você queria conversar comigo?

Jamie começou a mexer no cabelo. Até onde pude perceber, ele não estava desarrumado. Eu respirei profundamente, tentando me recompor, mas não fui capaz de falar o que queria naquele momento.

— Então — eu disse — você estava no orfanato hoje?

Jamie me olhou, curiosa.

— Não. Meu pai e eu fomos ao médico.

— Ele está bem?

Ela sorriu.

— Melhor do que nunca.

Eu concordei com a cabeça e olhei para a rua. A Sra. Hastings havia voltado para dentro de casa, e eu não vi ninguém na vizinhança. A costa estava limpa, mas eu ainda não estava pronto.

— O dia está lindo — eu disse, hesitante.

— Está sim.

— Quente, também.

— É porque o sol está pegando em você.

Eu olhei em volta novamente, sentindo a pressão aumentar.

— Aposto que não tem nenhuma nuvem no céu.

Desta vez Jamie não respondeu, e nós ficamos em silêncio por alguns momentos.

— Landon — ela disse, finalmente — você não veio aqui para falar do tempo, não é?

— Na verdade, não.

— Então, por que você está aqui?

A hora da verdade havia chegado, e eu limpei a garganta.

— Bom... eu queria saber se você vai ao baile em homenagem aos ex-alunos da escola.

— Oh — ela disse. O seu tom de voz parecia significar que não sabia que esse tipo de coisa existia. Eu estava inquieto na cadeira, e esperei que ela respondesse.

— Eu não tinha planos de ir ao baile — ela disse, depois de alguns momentos.

— Mas se alguém te convidasse, você iria?

Ela demorou um pouco para responder.

— Não sei — ela disse, pensando cuidadosamente. — Eu acho que poderia ir, se eu tivesse a oportunidade. Eu nunca fui a um baile da escola antes.

— Ah, os bailes são divertidos — eu disse, rapidamente. — Não tão divertidos, mas são legais. "Especialmente quando comparados com as minhas outras opções", mas eu não disse isso a ela.

Ela sorriu quando terminei de falar.

— Eu preciso conversar com meu pai, é claro, mas, se ele disser que está tudo bem, acho que eu iria sim.

Na árvore ao lado da varanda, um passarinho começou a piar ruidosamente, como se soubesse que eu não deveria estar ali. Eu me concentrei no som, tentando acalmar meus nervos. Até dois dias anteriores, eu nem conseguia me imaginar pensando naquilo, mas, de repente, lá estava eu, escutando as palavras mágicas saindo da minha própria boca.

— Bem... você gostaria de ir ao baile comigo?

Eu percebi que ficou surpresa. Eu imagino que ela estivesse pensando que aquele pequeno preâmbulo até a pergunta se referia ao convite que alguma outra pessoa iria fazer. Às vezes os adolescentes enviavam amigos para — sentir o terreno —, por assim dizer, para não correr o risco de uma possível rejeição. Mesmo que Jamie não fosse igual aos outros adolescentes, tenho certeza de que ela estava familiarizada com o conceito. Pelo menos na teoria.

Em vez de responder imediatamente, Jamie olhou para longe por um longo instante. Eu senti uma pontada no estômago, porque achei que ela fosse recusar. Visões incluindo a minha mãe, vômito e Carey encheram a minha mente, e, repentinamente, me arrependi da maneira como havia me comportado em relação a Jamie durante todos esses anos. Eu fiquei me lembrando de todas as vezes em que havia zombado dela, ou quando chamava o pai dela de fornicador, ou simplesmente quando escarnecia dela pelas costas. Logo quando eu estava me sentindo horrível com aquela situação toda e pensando em como conseguiria me esquivar de Carey durante as cinco horas do baile, ela se virou e me encarou novamente. Ela tinha um leve sorriso no rosto.

— Eu adoraria ir com você — ela disse, finalmente — mas com uma condição.

Eu me endireitei, esperando que não fosse algo constrangedor demais.

— E o que é?

— Você tem de prometer que não vai se apaixonar por mim.

Eu sabia que ela estava brincando, pelo modo como riu, e eu não consegui evitar respirar aliviado. Às vezes, admito, Jamie tinha um ótimo senso de humor.

Eu sorri e dei a minha palavra.

Capítulo 3

De maneira geral, os batistas do Sul não dançam. Em Beaufort, entretanto, essa regra nunca foi cumprida à risca. O pastor que administrava a igreja antes de Hegbert — não me pergunte qual era o nome dele — tinha uma ideia menos severa sobre bailes escolares, desde que houvesse adultos por perto para supervisionar os alunos. Assim sendo, os bailes se tornaram um tipo de tradição. Quando Hegbert assumiu a igreja, já era tarde para mudar as coisas. Jamie era a única pessoa que nunca havia ido a um baile da escola, e, francamente, eu não tinha certeza de que ela sabia dançar.

Eu admito que me preocupava como ela estaria vestida naquela noite, embora isso não fosse algo que eu ousasse dizer a ela. Quando Jamie ia às reuniões sociais da igreja — o que era estimulado por Hegbert — geralmente vestia um velho blusão e uma das suas saias com estampa xadrez que víamos na escola todos os dias, mas o baile em homenagem aos ex-alunos era uma ocasião especial. A maioria das garotas comprava vestido novo, os rapazes usavam terno, e naquele ano nós iríamos até mesmo trazer um fotógrafo para tirar fotos dos alunos. Eu sabia que Jamie não compraria um vestido novo porque ela não era exatamente o tipo de pessoa que tem dinheiro sobrando. Ser pastor é uma profissão que não dá muito dinheiro, mas, é claro, os pastores não trabalhavam para enriquecer, e sim por uma carreira estável, se é que você me entende. Mas eu não queria que ela vestisse a mesma coisa que usava todos os dias para ir à escola. Não tanto por mim — não sou cruel a esse ponto — mas por causa do que os outros poderiam dizer. Eu não queria que as pessoas ficassem zombando dela ou algo assim.

A boa notícia, se é que havia alguma, era que não precisei aguentar as tiradas de sarro de Eric em relação a Jamie, porque ele andava bastante ocupado com a sua própria companhia. Ele levaria Margaret Hays, a capitã das líderes de torcida da escola. Ela não era a lâmpada mais brilhante da árvore de natal, mas a sua beleza tinha um jeito todo especial. Por beleza, é claro, me refiro às coxas daquela garota. Eric propôs que saíssemos para passear, nós quatro, mas recusei porque não queria dar chance para o azar. Eric poderia começar a fazer chacota com Jamie ou algo do tipo. Ele era um cara legal, mas também podia ser bem insensível às vezes, especialmente depois de tomar algumas doses de Bourbon.

O dia do baile foi bem movimentado para mim, passei quase a tarde inteira ajudando a decorar o ginásio, e tive de ir para a casa de Jamie cerca de meia hora antes do horário. O pai dela queria falar comigo, embora eu não soubesse por quê. Jamie havia me dito aquilo no dia anterior, e não posso dizer que fiquei muito empolgado com a ideia. Eu pensei que ele fosse falar sobre a tentação e o mau caminho para o qual ela pode nos levar. Se ele falasse de fornicação, entretanto, acho que morreria ali mesmo. Eu fiz pequenas orações durante o dia todo, esperando poder evitar essa conversa, mas não tinha certeza de que Deus daria atenção às minhas orações, por assim dizer, em razão do meu comportamento no passado. Eu estava bem nervoso só de pensar a respeito.

Depois do banho, coloquei meu melhor terno, passei na floricultura para pegar uma pulseira decorada com flores para Jamie, e fui para a casa dela. A minha mãe havia me emprestado o carro dela, e estacionei na rua, bem em frente à casa de Jamie. Nós ainda estávamos no horário de verão, então ainda havia um pouco de luz do dia quando cheguei lá. Andei pela calçada e pelo passadiço, evitando as rachaduras no piso, até que cheguei à porta. Bati e esperei por alguns momentos, e então bati novamente. Ouvi Hegbert falar por trás da porta: "Já vou", mas ele realmente não estava com muita pressa de abrir. Eu acho que fiquei parado ali por uns dois minutos, olhando para a porta, as partes que estavam emboloradas, as pequenas rachaduras nas janelas. No canto da varanda estavam as cadeiras onde Jamie e eu nos sentamos havia alguns dias. A cadeira onde eu me sentei ainda estava virada na direção oposta. Eu imaginei que eles não haviam se sentado ali nos últimos dias.

Finalmente, a porta abriu. A luz que vinha de dentro da casa jogou algumas sombras sobre o rosto de Hegbert, e refletiu nos cabelos dele. Ele já era velho, como eu disse, uns 72 anos pelas minhas contas. Era a primeira vez que eu o via de perto, e enxerguei todas as rugas no rosto dele. A sua pele era realmente transparente, até mais do que eu havia imaginado.

— Olá, reverendo — eu disse, tentando engolir o nervosismo.

— Estou aqui para levar Jamie ao baile em homenagem aos ex-alunos.

— É claro que está — ele disse. — Mas, primeiro, gostaria de conversar com você.

— Sim, senhor. Foi por isso que cheguei mais cedo.

— Entre.

Na igreja, Hegbert era um pastor até que bem elegante, mas naquele momento parecia um fazendeiro, usando macacão e camiseta. Ele apontou para uma das cadeiras de madeira que havia trazido da cozinha.

— Desculpe-me pela demora em abrir a porta. Eu estava trabalhando no sermão de amanhã — ele disse.

Eu sentei.

— Não tem problema, senhor. — Eu não sei por quê, mas parecia quase uma obrigação chamá-lo de senhor. Ele projetava essa imagem.

— Fale-me sobre você, então.

Eu achei que fosse uma pergunta ridícula, até por causa de todo o histórico que tinha com a minha família. Foi ele quem me batizou, e ele me via na igreja todos os domingos, desde que eu era bebê.

— Bem, senhor — eu comecei, sem realmente saber o que dizer. — Eu sou presidente do grêmio estudantil. Não sei se Jamie lhe disse.

Ele assentiu com a cabeça. — Ela disse. Continue.

— E... bem, tenho planos de ir para a Universidade da Carolina do Norte no próximo ano. Eu já recebi os formulários de matrícula.

Ele assentiu novamente.

— Algo mais?

Eu tinha de admitir, já estava esgotando o meu repertório depois daquilo. Uma parte de mim queria pegar o lápis que estava na mesinha de canto e começar a equilibrá-lo sobre o dedo indicador, mantê-lo ali durante 30 segundos, mas ele não era o tipo de pessoa que saberia apreciar aquilo.

— Acho que não, senhor.

— Importa-se se eu fizer uma pergunta?

— Não, senhor.

Ele me encarou por um longo tempo, como se estivesse pensando na pergunta.

— Por que você convidou a minha filha para o baile? — ele disse, finalmente.

Eu fiquei surpreso. E sei que a minha expressão demonstrou aquela sensação.

— Acho que não entendi a pergunta, senhor.

— Você não está pensando em fazer nada que... a envergonhe, está?

— Não, senhor — eu disse, rapidamente, chocado com a acusação. — De maneira nenhuma. Eu precisava de alguém para me acompanhar, e a convidei. Só isso.

— Você não tem nenhuma brincadeira de mau gosto planejada?

— Não, senhor. Eu não faria isso com ela...

Aquilo continuou por mais alguns minutos — aquele interrogatório sobre as minhas reais intenções, bem entendido — mas, por sorte, Jamie saiu do quarto dos fundos, e tanto o pai dela quanto eu viramos a cabeça ao mesmo tempo. Hegbert finalmente parou de falar, e eu respirei aliviado. Ela havia vestido uma bela saia azul e uma blusa branca que eu nunca havia visto antes. Felizmente, havia deixado o tradicional blusão no armário. Não estava mal, preciso admitir, embora soubesse que aqueles trajes ainda eram modestos em relação aos das outras garotas no baile. Como sempre, seu cabelo estava arrumado em um coque. Pessoalmente, eu achei que ficaria melhor se ela o deixasse solto, mas aquilo era a última coisa que eu diria. Jamie parecia... Bem, Jamie parecia estar vestida exatamente da mesma maneira que se vestia todos os dias, mas pelo menos não estava planejando trazer a sua *Bíblia*. Aquilo seria demais.

— Você não está maltratando Landon, está? — ela disse para o pai, sorridente.

— Estávamos apenas conversando — eu disse rapidamente, antes que ele pudesse responder. Por alguma razão, acho que ele não falou do tipo de pessoa que ele achava que eu era para Jamie, e aquele não seria um bom momento para fazê-lo.

— Bem, acho que está na hora de irmos — ela disse após um tempo. Eu acho que sentiu a tensão na sala. Ela foi até a poltrona onde o pai estava e beijou-lhe o rosto. — Não fique acordado até tarde trabalhando no sermão, hein?

— Não vou ficar — ele disse, suavemente. Mesmo com a minha presença na sala, pude perceber que ele realmente a amava e não tinha receio de mostrar. O problema estava na opinião que ele tinha a meu respeito.

Nós nos despedimos, e, ao sairmos da casa, dei-lhe a pulseira florida, dizendo que eu a ensinaria a prendê-la ao pulso quando estivéssemos no carro. Abri a porta para ela e dei a volta no carro até a porta do motorista, entrando também. Naquele curto período de tempo, Jamie já havia prendido a pulseira no braço.

— Não sou boba, você sabe. Eu sei prender essas pulseiras floridas.

Dei a partida no carro e dirigi até a escola, com o diálogo que eu acabara de ter com Hegbert ainda vívido na minha mente.

— Meu pai não gosta muito de você — ela disse, como se soubesse o que eu estava pensando.

Eu concordei com a cabeça.

— Ele acha que você é irresponsável.

Eu concordei novamente.

— Ele não gosta muito do seu pai.

Eu concordei mais uma vez.

— Nem da sua família.

Já entendi.

— Mas você sabe o que eu acho? — ela perguntou, de repente.

— Não estou certo. — Naquele momento eu já estava bem deprimido.

— Eu acho que tudo isso estava nos planos de Deus, de alguma forma. Qual seria a mensagem nisso tudo?

"E lá vamos nós", pensei comigo mesmo.

Eu duvidei de que a noite pudesse ficar pior do que estava naquele momento, se você quer saber a verdade. A maioria dos meus amigos ficava longe de nós, mas Jamie não tinha muitos amigos, e assim nós passamos a maior parte do tempo sozinhos. Pior do que isso, a minha presença nem era mais necessária. Eles haviam mudado as regras em razão do fato de Carey não ter arranjado companhia para o baile, e, assim que fiquei sabendo disso, me senti realmente miserável por tudo o que estava acontecendo. Mas, por causa do que o pai dela havia me dito no começo da noite, eu não poderia simplesmente levá-la para casa mais cedo, não é? E, além disso, ela estava se divertindo bastante. Qualquer um conseguia perceber, até eu. Ela adorou as decorações que ajudei a pendurar, adorou a música, adorou tudo que havia no baile. A todo momento me dizia que tudo estava maravilhoso, e perguntou se eu poderia ajudá-la a decorar a igreja algum dia, para uma das reuniões sociais. Eu resmunguei que ela só precisaria me ligar, e, mesmo dizendo aquilo sem um pingo de animação, ela me agradeceu por ser tão atencioso. Para ser honesto, estava me sentindo bem deprimido durante a primeira hora do baile, mas acho que ela não chegou a perceber.

Jamie tinha de estar em casa às 23 horas, uma hora antes de o baile acabar, o que deixava as coisas mais fáceis para mim. Quando a música começou, nós fomos para a pista de dança, e até que ela dançava muito bem, considerando que era a sua primeira vez em um baile e tudo mais. Ela me deixou conduzi-la, e nós dançamos mais de dez músicas, e, depois disso, fomos para a mesa e tivemos algo que chegava a ser parecido com uma conversa. É claro, ela usava palavras como "fé", "graças", e até mesmo "salvação", e também sobre ajudar os órfãos e recolher animais atropelados na estrada. Mas ela estava tão feliz que era difícil ficar sentado por muito tempo.

Assim, as coisas não estavam tão terríveis no começo, e realmente não estavam piores do que eu esperava. As coisas só azedaram quando Lew e Ângela apareceram.

Eles chegaram alguns minutos depois de nós. Ele estava usando aquela camiseta estúpida, o maço de Camel na dobra da manga, e uma maçaroca de gel no cabelo. Ângela ficou ao redor dele desde o começo do baile, e não era preciso ser um gênio para perceber que eles haviam tomado alguns drinques antes que ela chegasse lá. Ela usava um vestido bem vistoso — a mãe dela trabalhava em um salão de beleza e estava a par das últimas tendências da moda — e eu percebi que ela havia adquirido aquele hábito bem feminino de mascar chicletes. Realmente mascava com gosto, quase como uma vaca ruminando um punhado de capim.

Então, o bom e velho Lew turbinou o ponche com alguma bebida alcoólica que ele havia trazido escondida, e outras pessoas começaram a ficar embriagadas. Quando os professores descobriram, quase todo o ponche já tinha sido consumido, e as pessoas estavam com aquele olhar meio perdido. Quando eu vi Ângela engolir o segundo copo de ponche, sabia que deveria ficar de olho nela. Mesmo que tivesse me dispensado, eu não queria que nada de ruim lhe acontecesse. Ela foi a primeira garota que eu havia beijado, e, embora os nossos dentes tenham se chocado com tanta força em nossa primeira tentativa que eu cheguei a ver estrelas e tive de tomar uma aspirina quando cheguei em casa, eu ainda sentia alguma coisa por ela.

Então, eu estava ali, sentado com Jamie, sem sequer ouvi-la descrever as maravilhas da Escola Bíblica, observando Ângela com o canto do olho, quando Lew me viu olhando para ela. Com um movimento frenético, pegou-a pela cintura e a arrastou até a mesa, me olhando como quem diz: "Estou de olho em você". Você sabe do que eu estou falando.

— Você estava olhando para a minha garota? — ele disse, tensionando os músculos.

— Não.

— Estava sim — disse Angela, balbuciando as palavras. — Ele estava olhando direto para mim. Esse é meu ex-namorado, já falei dele para você.

Os olhos dele se transformaram em pequenas fendas, como os olhos de Hegbert, às vezes. Eu acho que causo esse efeito nas pessoas.

— Então é você — ele disse sarcástico.

Bem, eu não sou exatamente um lutador. A única briga em que me envolvi aconteceu no terceiro ano, e perdi a parada quando comecei a chorar antes mesmo de o outro garoto me socar. Geralmente, não tinha problemas em me manter longe desse tipo de coisa em consequência de minha natureza passiva, e, além disso, ninguém mexia comigo quando Eric estava por perto. Mas Eric estava em algum outro lugar com Margaret, provavelmente atrás das arquibancadas.

— Eu não estava olhando para ela — eu disse, finalmente —, e eu não sei o que ela lhe contou, mas duvido que seja verdade.

Os olhos dele se estreitaram ainda mais.

— Está chamando Ângela de mentirosa? — ele disse, por entre os dentes.

"Oops", pensei.

Eu acho que ele teria me espancado ali mesmo, mas Jamie repentinamente entrou no meio da situação.

— Eu não conheço você de algum lugar? — ela disse, alegre, olhando diretamente para ele. Às vezes, Jamie parecia não entender o tipo de situação que estava acontecendo bem na sua frente. — Espere... sim, eu te conheço. Você trabalha na oficina do centro. O nome do seu pai é Joe, e a sua avó mora na rua Foster, perto do cruzamento com a ferrovia.

Lew estava com um olhar confuso, como se estivesse tentando montar um quebra-cabeças com muitas peças.

— Como você sabe disso tudo? O que foi que ele fez? Falou sobre mim para você, também?

— Não — disse Jamie. — Não seja bobo. — Ela riu consigo mesma. Somente Jamie seria capaz de encontrar humor em uma hora dessas. — Eu vi a sua foto na casa da sua avó. Eu estava passando por ali e ela precisava de ajuda para levar as compras para dentro de casa. A sua foto estava na parede.

Lew olhava para Jamie como se ela tivesse espigas de milho enfiadas nas orelhas.

Enquanto isso, Jamie abanava o rosto com as mãos.

— Bom, nós estávamos aqui sentados para descansar um pouco depois de todas aquelas danças. O lugar está bem quente. Vocês querem sentar conosco? Tem mais duas cadeiras aqui. Eu adoraria saber como está a sua avó.

Ela parecia tão feliz que Lew não sabia o que fazer. Diferente de nós, que estávamos acostumados àquele tipo de coisa, ele nunca havia encontrado alguém como Jamie antes. Ele ficou parado ali por alguns instantes, tentando decidir se deveria socar o cara que estava com a garota que havia ajudado a sua avó. Se parece confuso para você, imagine o nó que aquela situação estava dando em Lew e no seu cérebro estragado de tanto cheirar gasolina.

Ele finalmente saiu de perto da mesa sem responder, resmungando, e levando Ângela com ele. Ângela provavelmente já havia esquecido como tudo aquilo havia começado, talvez por causa de todo o álcool que bebeu. Jamie e eu ficamos olhando enquanto ele ia embora, e, quando ele estava a uma distância segura, eu soltei o ar dos pulmões. Eu nem tinha percebido que estava prendendo a respiração.

— Obrigado — eu disse em voz baixa, envergonhado, percebendo que foi Jamie — Jamie! — quem me salvou de sair dali ferido.

Jamie olhou para mim de uma maneira esquisita.

— Obrigado por quê? — ela perguntou, e como não contei tudo para ela, voltou à sua história sobre a Escola Bíblica, como se nada tivesse acontecido. Mas, dessa vez, eu estava realmente ouvindo o que ela tinha a dizer. Pelo menos, com um dos meus ouvidos.

Mesmo assim, aquela não foi a última peripécia de Lew e Ângela naquela noite. Os dois copos de ponche realmente fizeram Ângela passar mal, e ela vomitou por todo o banheiro feminino. Lew, sempre um cara de classe, foi embora quando a ouviu vomitando, saindo de fininho, e foi a última vez que eu o vi. Jamie, por ironia do destino, foi quem encontrou Ângela no banheiro, e era óbvio que esta não estava nada bem. A única opção era limpá-la e levá-la para casa antes que os professores descobrissem o que havia ocorrido. Ficar bêbado era algo muito sério naquele tempo, e provavelmente haveria uma suspensão, ou até uma expulsão, se ela fosse apanhada.

Jamie, que Deus a abençoe, não queria que isso acontecesse, assim como eu, embora eu talvez pensasse de outra maneira se você me perguntasse antes daquele momento. Angela era menor de idade e estava violando as leis. Ela também havia quebrado outra das regras de Hegbert sobre boa conduta. Hegbert não aprovava quebrar as leis nem beber, e, embora isso não o irritasse tanto quanto a fornicação, nós todos sabíamos que ele era muito severo a respeito daquilo, e nós presumimos que Jamie tinha as mesmas convicções. Talvez ela tivesse, mas seu instinto de caridade deve ter prevalecido. Ela deve ter olhado para Ângela e pensado ser ela um "animal ferido" naquele momento ou algo do tipo, e imediatamente tomou conta da situação. Eu saí dali e fui procurar Eric, encontrando-o atrás da arquibancada. Ele concordou em ficar vigiando do lado de fora do banheiro enquanto Jamie e eu limpávamos aquela bagunça. Ângela havia feito um trabalho maravilhoso, diga-se de passagem. Havia vômito em todos os lugares, exceto no vaso sanitário. Nas paredes, no assoalho, nas pias — até no teto, mas não me pergunte como ela tinha conseguido fazer aquilo. E ali estava eu, de quatro no chão do banheiro, limpando o vômito no baile em homenagem aos ex-alunos, usando meu melhor terno azul — era exatamente o que eu queria evitar desde o começo. E Jamie, minha companhia, também estava de quatro no chão, fazendo exatamente a mesma coisa.

Eu quase consegui ouvir a risada esganiçada de Carey, uma gargalhada ensandecida em algum lugar ao longe.

No fim, conseguimos escapar pela porta dos fundos do ginásio, e mantínhamos Ângela em pé segurando-a um de cada lado. Ela não parava de perguntar onde estava Lew, mas Jamie dizia a ela que não se preocupasse. Ela falava com Ângela de um jeito realmente tranquilizador, embora Ângela estivesse tão bêbada que duvido que ela soubesse quem estava falando. Colocamos Ângela no banco de trás do meu carro, onde ela imediatamente desmaiou, embora tenha vomitado mais uma vez no assoalho do carro. O cheiro era tão nauseante que tivemos de abrir as janelas para evitar engasgar de nojo, e o caminho até a casa de Ângela parecia muito mais longo do que realmente era. A mãe dela abriu a porta, deu uma olhada na filha e a levou para dentro, nem se incomodando em dizer obrigado. Acho que ela se sentiu envergonhada, e, de qualquer maneira, nós não tínhamos muito a dizer. A situação falava por si.

Quando a deixamos em casa, já eram 22h45, e fomos direto para a casa de Jamie. Fiquei preocupado quando chegamos lá por causa do aspecto dela e do cheiro das roupas, e fiz uma prece silenciosa, pedindo a Deus que Hegbert não estivesse acordado. Eu não queria ter de explicar isso tudo a ele. Bem, talvez ele escutasse a história se Jamie a contasse, mas eu tinha a nítida impressão de que ele encontraria um jeito de me culpar por aquilo.

Então, levei-a até a porta, e nós ficamos na varanda, sob a lâmpada. Jamie cruzou os braços e deu um leve sorriso, como se tivesse acabado de voltar de um passeio noturno onde pôde contemplar a beleza do mundo.

— Por favor, não conte ao seu pai sobre o que aconteceu — eu disse.

— Não vou contar — ela disse. Ela continuou sorrindo e finalmente me olhou nos olhos. — Eu me diverti muito esta noite. Obrigada por me levar ao baile.

Ali estava ela, coberta de vômito, e realmente estava me agradecendo pela noite. Jamie Sullivan sabia como enlouquecer um homem, às vezes.

Capítulo 4

Nas duas semanas após o baile dos ex-alunos, a minha vida basicamente voltou a ser o que era antes. Meu pai havia voltado para Washington, DC, o que deixava as coisas bem mais divertidas em minha casa, já que eu podia sair pela janela de novo e fazer minhas atividades noturnas no cemitério. Eu não sei o que nos atraía tanto no cemitério. Talvez fosse alguma coisa nos túmulos, porque, até onde entendo de túmulos, eles até que eram confortáveis para sentar.

Em geral, ficávamos em uma pequena área onde a família Preston havia sido enterrada, há mais de cem anos. Havia oito túmulos naquele jazigo, dispostos em círculo, o que facilitava na hora de passar os sacos de amendoim cozido entre nós. Houve uma vez em que eu e meus amigos decidimos tentar descobrir alguma coisa sobre a família Preston, e fomos até a biblioteca para ver se algo havia sido escrito sobre eles. Ora, se você vai sentar no túmulo de alguém, o mínimo que pode fazer é saber alguma coisa sobre ele, certo?

Mesmo assim, não havia nada muito específico sobre aquela família nos registros históricos, embora tivéssemos conseguido encontrar uma informação pequena, mas bem interessante. Henry Preston, o pai, era lenhador com um braço só, acredite se quiser. Dizia-se que ele conseguia derrubar uma árvore com a mesma velocidade de um homem com dois braços. Até esse ponto, a imagem de um lenhador de um braço estava bem nítida, e nós falávamos muito a respeito dele. Costumávamos imaginar o que mais ele seria capaz de fazer com apenas um braço, e passávamos horas discutindo a que velocidade ele conseguiria lançar uma bola de beisebol, ou se seria capaz de atravessar o canal da hidrovia intralitorânea a nado. Nossos diálogos não eram muito dignos de nota, admito, mas mesmo assim gostava deles.

Eric e eu estávamos lá em uma noite de sábado junto com alguns outros amigos, comendo amendoins cozidos e conversando sobre Henry Preston, quando Eric perguntou como tinha sido o meu encontro com Jamie Sullivan. Não tínhamos conversado muito desde o baile dos ex-alunos porque a temporada do futebol americano já estava na fase final, e Eric havia viajado para outras cidades nos fins de semana anteriores com o time.

— Foi tranquilo, — eu disse, dando de ombros, fazendo o possível para evitar o assunto.

Eric me deu uma cotovelada amistosa nas costelas, e eu resmunguei. Ele tinha quase vinte quilos a mais do que eu.

— Você ganhou um beijo de boa noite?

— Não.

Ele tomou um longo gole da lata de Budweiser enquanto eu respondia, não sei como ele conseguia, mas Eric nunca teve problemas para comprar cerveja. O que era estranho, pois todos na cidade sabiam a idade dele.

Ele limpou a espuma dos lábios com as costas da mão, e me olhou de lado.

— Eu achava que depois de ajudá-lo a limpar o banheiro, você teria pelo menos conseguido dar um beijo de boa noite nela.

— É, mas não consegui.

— Você tentou?

— Não.

— Por que não?

— Ela não é esse tipo de garota — eu disse, e, mesmo que todos soubessem que era verdade, parecia que eu a estava defendendo.

Eric resolveu pressionar.

— Eu acho que você gosta dela — ele disse.

— Ah, deixe de besteira — respondi, e ele me deu um tapa nas costas, com força suficiente para me tirar o fôlego. Sair com Eric significava que eu teria alguns hematomas no dia seguinte.

— É, acho que eu só falo besteira mesmo, não é? — ele disse, piscando o olho. — Mas é você que está encantado com Jamie Sullivan.

Eu sabia que estávamos pisando em terreno perigoso.

— Eu só estava usando Jamie para impressionar Margaret — eu disse. — E com todos os bilhetinhos apaixonados que ela tem me enviado ultimamente, acho que deve ter funcionado.

Eric riu alto, me dando outro tapa nas costas.

— Você e Margaret — aí está uma coisa engraçada...

Eu sabia que tinha conseguido desviar do assunto, e respirei aliviado quando a conversa tomou outro rumo. Eu participava aqui e ali, mas não estava realmente ouvindo o que estavam dizendo. Em vez disso, ficava ouvindo uma voz fraca e débil, no fundo da minha cabeça, que me fazia pensar sobre o que Eric havia dito.

Na realidade, Jamie foi a melhor companhia que eu poderia ter encontrado naquela noite, especialmente considerando tudo que aconteceu. Poucas parceiras de baile — definitivamente, poucas pessoas — fariam o que ela fez. Ao mesmo tempo, ser uma boa companhia para o baile não quer dizer que gostasse dela. Eu não tinha conversado muito com ela desde o baile, exceto quando a via nas aulas de teatro, e mesmo naquelas ocasiões era apenas uma palavra aqui e outra ali. Se eu gostasse dela, iria querer conversar com ela. Se eu gostasse dela, teria me oferecido para acompanhá-la até a sua casa. Se eu gostasse dela, iria querer levá-la ao Cecil's Diner para comer bolinhos e tomar refrigerante. Mas eu não queria fazer nada disso. De verdade. Na minha mente, eu já tinha cumprido a minha penitência.

No dia seguinte, domingo, eu estava no meu quarto preenchendo a minha inscrição para a UCN. Além dos documentos do ensino médio e de outras informações pessoais, eles pediam que eu enviasse cinco daquelas redações tradicionais. Se você pudesse conhecer uma personalidade histórica, quem seria e por quê? Explique quem é a maior influência em sua vida e qual a sua opinião a respeito. O que você busca em uma pessoa considerada um modelo a seguir, e por quê? Os temas para a redação eram razoavelmente previsíveis — nosso professor de inglês havia nos dito o que poderíamos encontrar — e eu já tinha escrito algumas variações como tarefa de casa.

Provavelmente, inglês era a minha melhor matéria, eu nunca tirei uma nota menor do que A desde que entrei na escola, e fiquei satisfeito ao descobrir que a universidade enfatizava a redação no seu processo seletivo. Se eles preferissem matemática, eu poderia ter tido problemas, especialmente se houvesse questões de álgebra que falam sobre dois trens que saem com uma hora de diferença um do outro, viajando em direções opostas a 60 quilômetros por hora etc. Eu não era tão ruim em matemática — geralmente conseguia tirar um C, no mínimo — mas não era um talento natural para mim, se é que você me entende.

De qualquer forma, eu estava escrevendo uma das redações quando o telefone tocou. O único telefone que tínhamos em casa ficava na cozinha, e tive de descer as escadas correndo para atender. Eu estava fazendo tanta força para respirar que não consegui identificar imediatamente a voz da pessoa ao telefone, mas parecia ser Ângela. Imediatamente, sorri para mim mesmo. Mesmo que ela tivesse vomitado no banheiro todo, e mesmo depois de eu ter de limpar tudo, ela até que era uma pessoa bem divertida. E o vestido que usou no baile realmente era lindo, pelo menos durante a primeira hora. Eu imaginei que ela provavelmente estava ligando para me agradecer, ou até mesmo para me convidar para sair para um sanduíche de pernil, bolinhos no Cecil's Diner ou algo do tipo.

— Landon?

— Oh, oi — eu disse, tentando não demonstrar a minha animação. — Como estão as coisas?

Houve uma curta pausa do outro lado da linha.

— Como você está?

Foi aí que eu percebi que não estava falando com Ângela. Em vez disso, era Jamie, e quase deixei o telefone cair da minha mão. Não dá para dizer que estava feliz em falar com ela, e, por um segundo, imaginei quem teria dado o meu número para ela, antes de me dar conta de que provavelmente ele estava nos registros da igreja.

— Landon?

— Estou bem — eu finalmente disse, de forma abrupta, ainda em choque.

— Você está ocupado? — ela perguntou.

— Mais ou menos.

— Ah... entendo... — ela disse, deixando a frase no ar. Ela fez uma nova pausa.

— Por que você me ligou? — eu perguntei.

Levou alguns segundos para que ela conseguisse dizer as palavras.

— Bem... eu queria saber se você não gostaria de vir aqui mais tarde, antes de anoitecer.

— Ir aí?

— Sim. Aqui em casa.

— Sua casa. — Eu nem tentei disfarçar a surpresa cada vez maior na minha voz. Jamie ignorou aquilo e continuou.

— Tem uma coisa que preciso falar para você. Eu não ligaria se não fosse importante.

— Não dá para falar pelo telefone?

— Eu prefiro pessoalmente.

— Bom, estou trabalhando nas redações para a minha inscrição na faculdade, e isso deve levar a tarde toda — eu disse, tentando escapar.

— Oh... bem... como eu disse, é importante, mas acho que posso conversar com você na segunda-feira, na escola...

Com aquelas palavras, eu me dei conta de que Jamie não me deixaria fugir daquilo tudo, e que nós acabaríamos conversando novamente. Meu cérebro rapidamente repassou os cenários enquanto tentava decidir qual seria a melhor escolha — conversar com ela onde os meus amigos poderiam me ver, ou conversar com ela em sua casa. Embora nenhuma opção fosse particularmente boa, havia uma pulga atrás da minha orelha dizendo que, se ela havia me ajudado quando eu realmente precisava, o mínimo que podia fazer era ouvir o que ela tinha a dizer. Eu posso ser um irresponsável, mas sou um irresponsável legal, se é que dá para dizer uma coisa dessas.

Claro, isso não significava que todo mundo precisava saber do que se tratava.

— Não — eu disse —, acho que pode ser hoje.

Nós combinamos de nos encontrar às 5 horas, e o resto da tarde passou lentamente, como os pingos de água na testa, naquela técnica chinesa de tortura. Eu saí de casa com vinte minutos de antecedência, para que tivesse tempo de sobra para chegar lá. A minha casa ficava perto da orla marítima, na parte histórica da cidade, não muito longe de onde o pirata Barba Negra costumava viver, com vista para a hidrovia intralitorânea. Jamie morava do outro lado da cidade, depois dos trilhos da ferrovia, e esse era o tempo que eu levaria para chegar até lá.

Era novembro, e a temperatura finalmente estava caindo. Uma das coisas de que eu realmente gostava em Beaufort é que as primaveras e os outonos eram bem longos. Podia ficar quente no verão ou nevar uma vez a cada seis anos, e poderia haver uma friagem que durasse uma semana ou duas em janeiro, mas, geralmente, você só precisava de uma jaqueta leve para poder enfrentar o inverno. Hoje era um daqueles dias perfeitos. Pouco mais de 20 graus e nenhuma nuvem no céu.

Eu cheguei à casa de Jamie bem no horário, e bati na porta. Jamie veio atender, e, com uma rápida olhada para dentro, percebi que Hegbert não estava em casa. O tempo não estava quente o suficiente para tomar chá gelado nem limonada, e nós nos sentamos nas cadeiras da varanda novamente, sem nada para beber. O sol estava começando a se pôr, e não havia ninguém na rua. Dessa vez eu não precisei mover a minha cadeira. Ela não havia sido movida desde a última vez que eu estivera ali.

— Obrigada por vir, Landon — ela disse. — Eu sei que você está ocupado, mas agradeço por vir até aqui para conversarmos.

— Então, o que é tão importante? — eu disse, querendo acabar com aquilo o mais rápido possível.

Pela primeira vez desde que a conheci, Jamie parecia estar nervosa. Ela não parava de juntar as mãos, para separá-las logo depois.

— Eu queria lhe pedir um favor — ela disse, séria.

— Um favor?

Ela assentiu.

No começo pensei que ela fosse pedir que eu a ajudasse a decorar a igreja, como ela havia mencionado no baile da escola, ou talvez que eu usasse o carro da minha mãe para levar algumas coisas para os órfãos. Jamie não tinha carteira de motorista, e Hegbert usava o carro com frequência, pois sempre havia um funeral ou alguma outra ocasião em que ele precisava estar presente. Mas ela ainda demorou alguns segundos para dizer do que realmente precisava.

Ela suspirou e juntou as mãos novamente.

— Eu queria saber se você se importaria de assumir o papel de Tom Thornton na peça de teatro da escola — ela disse.

Tom Thornton, como eu disse anteriormente, era o homem em busca da caixa de música para a sua filha, aquele que encontra o anjo da peça. Se ignorarmos o anjo propriamente dito, era o papel mais importante de todo o espetáculo.

— Bem... eu não sei... — respondi, confuso. — Achei que Eddie Jones fosse fazer o papel de Tom. Foi isso que a Srta. Garber nos disse.

Eddie Jones, por sua vez, era bem parecido com Carey Dennison. Ele era bem magro, com espinhas cobrindo-lhe todo o rosto, e tinha um tique nervoso. Seus olhos piscavam sempre que falava com alguém, ou sempre que ficava tenso, o que acontecia praticamente a todo momento. Ele provavelmente acabaria despejando as suas falas como um cego psicótico quando estivesse em frente à plateia. Para piorar as coisas, ele também gaguejava e demorava um bom tempo para conseguir falar o que quer que fosse. A Srta. Garber havia lhe dado o papel porque ele havia sido o único que se ofereceu para interpretá-lo, mas mesmo assim estava claro que ela também não queria que ele tivesse aquele papel. Os professores eram humanos, também, mas ela não tinha muita opção, pois ninguém mais havia se candidatado ao papel.

— A Srta. Garber não disse exatamente isso. O que ela disse foi que Eddie poderia ficar com o papel se ninguém mais se interessasse.

— Não há outra pessoa para fazer isso?

Realmente não havia, e eu sabia disso. Em razão da exigência de Hegbert de que só alunos do último ano poderiam fazer parte do elenco, a peça daquele ano estava em uma situação complicada. Havia cerca de 50 garotos no último ano do ensino médio, dos quais 22 participavam do time de futebol americano. Com o time classificado para as finais do campeonato estadual, nenhum deles teria condições de participar dos ensaios. Dos outros 30 e poucos, metade estava na banda, e ensaiavam no mesmo horário do grupo de teatro. Um cálculo rápido mostrava que havia umas dez ou doze pessoas que ainda poderiam assumir o papel.

Entretanto, eu não queria participar da peça, e não apenas porque eu percebi que arte dramática era provavelmente a matéria mais enfadonha já inventada. A questão era que eu já tinha levado Jamie para o baile da escola, e, como ela interpretaria o anjo na peça, eu simplesmente não conseguia suportar a ideia de que teria de passar todas as tardes com ela durante o próximo mês ou mais. Ser visto com ela uma vez era ruim... Mas ser visto com ela todos os dias? O que é que os meus amigos diriam?

Mas pude perceber que isso era realmente importante para ela. O simples fato de ter pedido deixava isso claro. Jamie nunca pedia favores a ninguém, eu acho que, no fundo, ela desconfiava que ninguém faria um favor, apenas por Jamie ser quem era. Fiquei triste ao pensar naquilo.

— Que tal Jeff Bangert? Acho que ele dá conta, — sugeri.

Jamie fez que não com a cabeça. — Ele não pode. O pai está doente, e Jeff tem de trabalhar na loja depois das aulas até que seu pai melhore.

— E que tal Darren Woods?

— Darren quebrou o braço na semana passada quando escorregou no barco. Está engessado e usando uma tipoia.

— Sério? Eu não sabia — eu disse, imóvel, mas Jamie sabia o que eu estava tentando fazer.

— Eu estive rezando e pedindo a Deus, Landon — ela disse, e suspirou pela segunda vez. — Eu realmente gostaria que a peça fosse especial este ano. Não por mim, mas pelo meu pai, queria que fosse a melhor produção de todos os tempos. Eu sei o quanto é importante para ele me ver no papel do anjo, porque essa peça faz com que ele se lembre da minha mãe... — Ela fez uma pausa, organizando os pensamentos. — Seria horrível se a peça deste ano fosse um fracasso, especialmente porque eu estou envolvida.

Jamie parou novamente antes de continuar, e, conforme ela falava, sua voz ficava cada vez mais carregada de emoção.

— Eu sei que Eddie se esforçaria ao máximo, tenho certeza disso. E não fico envergonhada em fazer a peça com ele, de verdade. Para falar a verdade, ele é uma ótima pessoa, mas me disse que está mudando de ideia sobre a apresentação. Às vezes as pessoas da escola são tão... tão... cruéis, e não quero que Eddie fique magoado. Mas... — ela respirou fundo —, mas a verdadeira razão pela qual estou pedindo é o meu pai. Ele é um homem tão bom, Landon. Se as pessoas começarem a caçoar das memórias dele em relação à minha mãe enquanto eu estiver no palco... acho que eu não aguentaria isso. E com Eddie junto comigo... bom, você sabe o que as pessoas irão dizer.

Concordei, apertando os lábios, sabendo que eu seria uma daquelas "pessoas". Na verdade, eu já era. Jamie e Eddie, a dupla dinâmica. Era assim que nós os chamávamos quando a Srta. Garber anunciou que eles ficariam com os papéis principais. O fato de ter sido eu quem começou com aqueles apelidos fez com que me sentisse horrível, quase enjoado.

Ela sentou ereta na cadeira e me olhou com uma expressão triste, como se já soubesse que eu fosse dizer não. Acho que ela não sabia como eu estava me sentindo. Continuou:

— Eu sei que sempre há desafios nos planos de Deus, mas eu não quero acreditar que Deus seja cruel, especialmente com alguém como meu pai. Ele devotou a sua vida ao Senhor, se doa para a comunidade. E ele já perdeu a esposa e teve de me criar sozinho. E eu o amo muito por causa disso....

Jamie virou o rosto, mas consegui ver as lágrimas em seus olhos. Foi a primeira vez que a vi chorar. Eu acho que uma parte de mim queria chorar também.

— Não estou pedindo para você fazer isso por mim — ela disse, em voz baixa —, não é isso, e, se você disser não, eu ainda vou orar por você. Mas, se você quiser fazer uma gentileza por um homem maravilhoso, que é muito importante para mim... será que você poderia pelo menos pensar no caso?

Os olhos dela pareciam os de um *cocker spaniel* que tinha acabado de sujar o tapete. Eu baixei os olhos e olhei para os meus pés.

— Não preciso pensar nisso — eu disse, finalmente. — Eu aceito. Acho que eu realmente não tinha escolha, não é mesmo?

Capítulo 5

No dia seguinte, conversei com a Srta. Garber, fiz o teste e conquistei o papel. Eddie, por sua vez, nem ficou muito irritado. Na verdade, dava para perceber que ele havia ficado aliviado. Quando a Srta. Garber perguntou se ele concordaria que eu interpretasse o papel de Tom Thornton, o rosto dele relaxou visivelmente e um dos seus olhos voltou a se abrir.

— S-s-sim, a-a-absolutamente — ele disse, gaguejando. — E-e-eu en-en-entendo. — Demorou cerca de dez segundos para que ele conseguisse terminar a frase.

Por causa da generosidade dele, a Srta. Garber lhe deu o papel do mendigo, e nós sabíamos que ele se sairia bem com aquele personagem. O mendigo era completamente mudo, mas o anjo sempre sabia o que ele estava pensando. Em dado momento, durante a peça, ela tem de dizer ao mendigo mudo que Deus vai sempre zelar pelos pobres e pelos maltratados. Aquela era uma das dicas sutis na peça de que ela havia sido enviada dos céus. Como eu disse antes, Hegbert queria que ficasse muito claro quem oferecia a redenção e a salvação, e com certeza não seriam alguns fantasmas maltrapilhos que apareciam do nada.

Os ensaios começaram na semana seguinte, e nós ensaiávamos na sala de aula, porque o teatro não abriria as portas para nós até que tivéssemos eliminado todos os "pequenos contratempos" da nossa apresentação. Quando falo desses pequenos contratempos, refiro-me a nossa tendência de derrubar acidentalmente os objetos de cena. Eles haviam sido confeccionados quando a peça foi apresentada pela primeira vez, há cerca de quinze anos, por Toby Bush, um faz-tudo das redondezas, sem emprego fixo, que havia feito alguns projetos para o teatro. Toby não tinha emprego fixo porque passava o dia todo bebendo cerveja enquanto trabalhava, e, por volta das 14 horas, já estava com a cara cheia. Eu acho que ele não conseguia enxergar direito, porque acertava os dedos com o martelo ao menos uma vez por dia. Quando isso acontecia, jogava o martelo no chão e pulava para cima e para baixo, segurando os dedos feridos e xingando todo mundo, desde a sua mãe até o diabo. Quando finalmente se acalmava, tomava outra cerveja para aliviar a dor antes de voltar ao trabalho. As juntas dos dedos eram do tamanho de nozes, sempre inchadas em razão dos anos e anos de marteladas, e ninguém queria contratá-lo permanentemente. A única razão pela qual Hegbert o havia contratado era o preço que ele cobrava — o mais baixo da cidade.

Mas Hegbert não permitia bebedeiras nem palavrões, e Toby realmente não conseguia trabalhar em um ambiente tão severo. Como resultado, o trabalho acabou ficando malfeito, embora isso não fosse aparente à primeira vista. Depois de alguns anos, os objetos de cena começaram a desmantelar, e ele assumiu a responsabilidade de reformá-los. Mas, embora Hegbert fosse muito bom em pregar a palavra do Senhor, não era muito bom quando o assunto era pregar madeira, e os objetos de cena tinham pregos tortos e enferrujados, cujas pontas perfuravam a madeira em vários lugares. Assim, precisávamos ter muito cuidado e andar exatamente de acordo com as marcações da cena. Se nós trombássemos com algum objeto, poderíamos acabar nos cortando, ou, então, derrubá-los, e o palco ficaria com várias marcas de pregos. Depois de alguns anos, o madeiramento do palco do teatro teve de ser trocado, e, embora eles não pudessem verdadeiramente fechar as portas para Hegbert, chegaram a um acordo para que os atores fossem mais cuidadosos no futuro. Isso significava que tínhamos de ensaiar na sala de aula até que tivéssemos resolvido os "pequenos contratempos".

Felizmente, Hegbert não estava envolvido com a produção da peça, por causa das atribuições do seu cargo religioso. Assim, a responsabilidade caía sobre a Srta. Garber, e a primeira instrução que nos deu foi que memorizássemos nossas falas o mais rápido possível. Não teríamos o tempo que geralmente era reservado para os ensaios, pois o Dia de Ação de Graças cairia no último dia de novembro, e Hegbert não queria que a peça fosse encenada muito perto do Natal para que não interferisse no "verdadeiro significado" da data. Isso nos dava apenas três semanas para os ensaios, o que era cerca de uma semana a menos do que geralmente ocorria.

Os ensaios começavam às 15 horas, e Jamie já tinha decorado todas as suas falas desde o primeiro dia, o que não era algo tão surpreendente assim. O que era surpreendente é que ela já havia decorado as minhas falas também, assim como as de todos os outros. Nós ensaiávamos uma cena, e ela conseguia fazer tudo sem ter o roteiro nas mãos, enquanto eu ainda olhava para aquela pilha de papéis, tentando encontrar a minha próxima fala. E sempre que eu levantava os olhos, ela estava com aquele olhar brilhante, como se esperasse por um grande acontecimento ou algo do tipo. As únicas falas que eu havia decorado no primeiro dia eram as do mendigo mudo, e, de repente, cheguei a sentir inveja de Eddie, pelo menos naquele aspecto. Aquilo daria muito trabalho, o que era exatamente o que eu queria evitar quando me registrei nas aulas de arte dramática.

Meus sentimentos nobres a respeito de participar da peça já tinham desaparecido no segundo dia de ensaios. Mesmo que soubesse estar fazendo "a coisa certa", meus amigos não entendiam aquilo, e não me davam trégua desde que haviam descoberto. — Você está fazendo o quê? — perguntou Eric quando soube da história. — Você vai participar da peça com Jamie Sullivan? Você está louco, ou é só bobo mesmo? — Eu resmunguei que tinha uma boa razão para fazer aquilo, mas ele não me deixava em paz, e contou para toda a escola que eu estava paquerando Jamie. Eu neguei tudo, claro, o que só fez com que todos achassem que a história era verdadeira. Eles riam ainda mais alto e recontavam a história para a próxima pessoa que encontravam. A coisa foi ficando cada vez mais descontrolada — por volta da hora do almoço, eu ouvi Sally dizer que eu estava pensando em pedir a mão de Jamie em casamento. Eu acho que Sally estava com ciúmes. Ela sempre gostou de mim, durante anos, e o sentimento poderia ter sido recíproco não fosse pelo fato de ela ter um olho de vidro. Aquilo realmente era algo que eu não conseguia ignorar. O seu olho postiço me lembrava aqueles olhos que vemos em animais empalhados à venda em lojas de antiguidades cafonas. E, para ser honesto, aquilo me revirava o estômago.

Eu acho que foi nessa época que comecei a me ressentir em relação a Jamie. Eu sei que não era culpa dela, mas era eu quem estava me esforçando para que Hegbert não se frustrasse, e ele realmente não tinha feito um esforço muito grande para me deixar à vontade na noite do baile da escola. Eu comecei a tropeçar nas minhas falas durante os dias que se seguiram, sem me esforçar para memorizá-las, e, ocasionalmente, fazia uma piada ou outra, da qual todos riam. Exceto Jamie e a Srta. Garber. Depois do ensaio, voltava para casa para tentar tirar a peça da cabeça, e nem me preocupava em pegar o roteiro para estudar. Em vez disso, fazia chacota com meus amigos sobre as coisas esquisitas que Jamie fazia, e mentia para eles a respeito de como a Srta. Garber havia me forçado a aceitar o papel.

Jamie, entretanto, não me deixaria sair daquela enrascada tão facilmente. Não, ela me acertou bem onde mais doía. Bem no meu amor-próprio.

Eu havia saído com Eric na noite de sábado após Beaufort vencer o campeonato estadual de futebol americano pela terceira vez consecutiva, cerca de uma semana após o início dos ensaios. Nós estávamos em frente à orla marítima, do lado de fora do Cecil's Diner, comendo bolinhos e olhando as pessoas passarem com seus carros, quando vi Jamie descendo a rua. Ela ainda estava a uns cem metros, olhando de um lado para o outro, usando aquele velho blusão marrom, com a *Bíblia* em uma das mãos. Devia ser umas 21 horas, o que já era tarde para que estivesse fora de casa, e era ainda mais estranho vê-la nesta parte da cidade. Eu virei as costas para ela e levantei o colarinho da jaqueta, mas até mesmo Margaret — que tinha pudim de banana no lugar do cérebro — conseguiu perceber quem é que Jamie estava procurando.

— Landon, sua namorada está aqui.

— Ela não é minha namorada — eu disse. — Eu não tenho namorada.

— Sua noiva, então.

Eu acho que ela tinha conversado com Sally, também.

— Não estou noivo — eu disse. — E pare com isso.

Eu olhei por cima do ombro para ver se ela tinha me visto, e acho que ela viu. Ela estava vindo em nossa direção, e eu fingi não perceber.

— Lá vem ela — disse Margaret, rindo.

— Eu sei — respondi.

Vinte segundos depois, ela falou de novo.

— Ela ainda está vindo para cá. Eu disse que ela era rápida.

— Eu sei — eu disse por entre os dentes. Se não fosse pelas pernas dela, Margaret podia matar qualquer um de raiva, assim como Jamie.

Eu olhei ao redor novamente, e desta vez Jamie sabia que eu a havia visto. Ela sorriu e acenou para mim. Eu me virei, e, depois de um momento, ela estava bem ao meu lado.

— Olá, Landon — ela me disse, ignorando meu desprezo. — Olá, Eric, Margaret... — Ela falou o nome de cada uma das pessoas. Todos responderam com um "oi" desanimado e tentaram não olhar muito para a sua *Bíblia*.

Eric estava com uma lata de cerveja na mão, e a escondeu atrás de si para que Jamie não a visse. Jamie poderia fazer até mesmo Eric se sentir culpado se estivessem próximos o suficiente. Eles haviam sido vizinhos durante um tempo, e Eric teve de ouvir as coisas que ela tinha a dizer várias vezes. Pelas costas, a chamava de "Dama da Salvação", uma referência óbvia ao Exército da Salvação. "Ela poderia ter sido um general de brigada" — ele dizia. Mas quando ela estava bem na frente dele, a história era outra. Na concepção de Eric, Jamie tinha uma linha direta para falar com Deus, e ele não queria se encrencar por conta disso.

— Como vai, Eric? Não tenho visto você com muita frequência ultimamente. — Ela falava como se eles ainda conversassem o tempo todo.

Ele hesitava, apoiando-se em um pé e depois no outro, e olhava para os seus sapatos, com um olhar culpado que dizia tudo.

— Bem, eu não tenho ido à igreja ultimamente — ele disse.

Jamie abriu aquele sorriso cintilante. — Bem, acho que não tem problema, desde que isso não se torne um hábito ou coisa parecida.

— Não vai acontecer.

Eu já ouvi falar de confissões — aquelas em que os católicos se sentam atrás de um biombo e contam todos os seus pecados para um padre — e era assim que Eric estava agindo ao lado de Jamie. Por um segundo, achei que fosse chamá-la de "senhora".

— Quer uma cerveja? — perguntou Margaret. Eu acho que ela estava tentando fazer uma gracinha, mas ninguém riu.

Jamie colocou a mão no cabelo, puxando suavemente o coque.

— Oh... não, não... mas, obrigada.

Ela olhou diretamente para mim com um brilho realmente meigo nos olhos, e eu sabia que estava encrencado. Eu achei que ela fosse me chamar para conversarmos em particular, ou alguma coisa do tipo, o que, para ser honesto, teria sido melhor. Mas acho que aquilo não estava nos seus planos.

— Você se saiu muito bem nos ensaios esta semana — ela disse. — Eu sei que você tem muitas falas para decorar, mas tenho certeza de que você vai estar com todas elas na ponta da língua em pouco tempo. E eu queria agradecê-lo por ter se oferecido para o papel. Você é realmente um cavalheiro.

— Obrigado — eu disse, sentindo o estômago embrulhar. Eu tentei não demonstrar emoção, mas todos os meus amigos estavam olhando direto para mim, todos cogitando a hipótese de eu não ter dito a verdade sobre a Srta. Garber ter me forçado a aceitar o papel.

— Seus amigos devem estar orgulhosos de você — ela acrescentou, acabando com as minhas esperanças de que meus amigos preferissem acreditar no que eu havia dito.

— Ah, estamos sim — disse Eric, animado. — Muito orgulhosos. Landon é um cara muito legal, especialmente quando se oferece voluntariamente.

"Droga", pensei.

Jamie sorriu para ele, e depois me encarou novamente, com seu jeito alegre.

— Eu também queria dizer que, se precisar de ajuda, você pode vir até a minha casa a qualquer hora. Podemos sentar na varanda como fizemos aquela vez, e revisar as suas falas, se você precisar.

Eu vi Eric mover os lábios para formar as palavras "como fizemos aquela vez" enquanto olhava para Margaret. Aquilo não estava indo nada bem. Naquele momento, meu estômago já estava tão embrulhado que faria inveja a qualquer presente de natal.

— Não precisa — eu murmurei, imaginando um jeito de me esquivar daquilo. — Eu acho que consigo decorar as minhas falas em casa mesmo.

— Às vezes é mais fácil se você tiver alguém para ler o roteiro com você, Landon — disse Eric.

Eu disse que ele não me deixava em paz, mesmo sendo meu amigo.

— Não, é sério — eu disse. — Eu consigo memorizar as falas sozinho.

Talvez — disse Eric, sorrindo — vocês dois pudessem praticar em frente aos órfãos quando melhorarem um pouco. Um ensaio com plateia, sabe? Tenho certeza de que eles iriam adorar.

Era fácil perceber o cérebro de Jamie se animar ao som da palavra órfãos. Todos sabiam que esse era o seu ponto fraco.

— Você acha? — ela perguntou.

Eric assentiu, sério:

— Tenho certeza disso. Foi Landon quem teve essa ideia, mas eu sei que, se eu fosse órfão, adoraria ver alguma coisa desse tipo, mesmo que não fosse a peça de verdade.

— Eu também. — acrescentou Margaret.

Conforme eles falavam, a única coisa que havia na minha mente era aquela cena do filme *Júlio César*, onde Brutus o esfaqueia pelas costas. "Até tu, Eric?"

— Foi Landon que teve essa ideia? — ela perguntou, franzindo as sobrancelhas. Ela olhou para mim, e dava para ver que ainda estava processando aquele pensamento.

Mas Eric não me deixaria escapar. Agora que já havia colocado a corda no meu pescoço, a única coisa que lhe restava fazer era abrir o cadafalso.

— Você gostaria de fazer isso, não é, Landon? Ajudar os órfãos? Não dá para dizer não a uma coisa dessas, não é mesmo?

— Acho que sim — eu disse, em voz baixa, olhando direto para o meu melhor amigo. Eric, apesar de fazer aulas de reforço, teria sido um excelente jogador de xadrez.

— Bom, então acho que está tudo combinado. Isto é, se estiver tudo bem pra você, Jamie. — O sorriso dela era tão doce que podia ter adoçado metade da produção de refrigerante no condado.

— Bem... sim, acho que terei de conversar com a Srta. Garber e com o diretor do orfanato, mas, se eles concordarem, acho que é uma boa ideia.

E, além de tudo, dava para ver que ela estava realmente feliz com a ideia.

Xeque-mate.

No dia seguinte, passei quatorze horas memorizando minhas falas, xingando meus amigos, e imaginando como a minha vida havia saído do controle daquela maneira. Meu último ano na escola certamente não estava correndo do jeito que imaginei no início do semestre, mas, se eu tinha de me apresentar para um monte de órfãos, certamente não queria parecer um idiota.

Capítulo 6

A primeira coisa que fizemos foi conversar com a Srta. Garber sobre nossos planos para entreter os órfãos, e ela achou uma ideia maravilhosa. Aquela era a sua palavra preferida — maravilhosa — depois de cumprimentar qualquer pessoa com um "Oláááá". Na segunda-feira, quando viu que eu havia memorizado todas as minhas falas, ela disse: "Maravilhoso!", e, durante as duas horas seguintes, sempre que eu terminava uma cena, dizia aquilo novamente. No final do ensaio, eu já tinha ouvido aquilo 4 zilhões de vezes.

Mas a Srta. Garber contribuiu ainda mais para a nossa ideia. Ela contou para a sala de arte dramática o que estávamos planejando, e perguntou se os outros membros do elenco estariam dispostos a interpretar seus papéis também, de modo que os órfãos pudessem apreciar o espetáculo completo. A pergunta foi feita de tal maneira que realmente não deixava escapatória para a situação, e ela passou os olhos pela sala de aula, esperando que alguém confirmasse com a cabeça para que o anúncio fosse oficializado. Ninguém moveu um músculo. Exceto Eddie. De alguma maneira um inseto entrou pelo seu nariz naquele exato momento, e espirrou violentamente. O inseto voou do seu nariz, foi arremessado sobre a sua carteira e espatifou-se no chão bem ao lado da perna de Norma Jean. Ela pulou da cadeira e deu um grito, e as pessoas que estavam sentadas ao redor dela gritaram — Eca! Que nojo! — O resto do grupo começou a olhar e esticar o pescoço para ver o que havia acontecido, e durante os dez segundos seguintes a classe estava em total pandemônio. Para a Srta. Garber, era a resposta de que ela precisava.

— Maravilhoso — disse ela, fechando a discussão.

Enquanto isso, Jamie estava muito animada por causa da apresentação para os órfãos. Durante uma pausa nos ensaios, ela me puxou de lado e me agradeceu pela minha consideração.

— Não tinha como você saber — ela disse, em tom de conspiração —, mas eu estava pensando no que poderia fazer pelos órfãos este ano. Faz meses que estou rezando, porque eu quero que este Natal seja o mais especial de todos.

— Por que este Natal é tão importante? — eu perguntei, e ela sorriu pacientemente, como se a minha pergunta não tivesse importância.

— Simplesmente porque é — ela respondeu.

O próximo passo era conversar com o Sr. Jenkins, o diretor do orfanato. Eu nunca havia conversado com ele antes, pois o orfanato ficava em Morehead City, do outro lado da ponte de Beaufort, e nunca tive nenhum motivo para ir até lá. No dia seguinte, quando Jamie me surpreendeu com a notícia de que teríamos uma reunião com ele no final da tarde, fiquei um pouco preocupado, achando que não estava vestido adequadamente. Eu sei que era um orfanato, mas um homem sempre deseja causar uma boa impressão. Mesmo que eu não estivesse tão animado como Jamie (e ninguém nunca ficava tão animado quanto Jamie), não queria ser comparado com o Grinch que estragou o Natal para os órfãos.

Antes de irmos para a reunião no orfanato, caminhamos até em casa para pegar o carro da minha mãe, e pensei em colocar trajes um pouco melhores enquanto estivéssemos lá. A caminhada demorou uns dez minutos, e Jamie não falou muito no caminho, pelo menos até chegarmos ao meu bairro. As casas próximas da minha eram todas grandes e bem cuidadas, e ela perguntou quem é que morava em cada uma delas e há quantos anos haviam sido construídas. Eu respondi àquelas perguntas sem pensar muito no caso, mas, quando abri a porta da frente da minha casa, repentinamente percebi o quanto aquele mundo era diferente do dela. Ela tinha uma expressão de choque no rosto conforme olhava ao redor, na sala de estar, assimilando o ambiente.

Não há dúvida de que aquela era a casa mais elegante em que ela já havia entrado. Alguns instantes mais tarde, percebi que seus olhos passavam pelos quadros que estavam nas paredes. Meus ancestrais, por assim dizer. Como acontecia com muitas famílias do sul dos Estados Unidos, toda a minha linhagem poderia ser visualizada naquela dúzia de rostos que decoravam as paredes. Ela olhava fixamente para os quadros, buscando uma similaridade, eu acho, e depois desviou a atenção para a mobília, que ainda parecia ser praticamente nova, mesmo depois de vinte anos. A mobília havia sido feita à mão, montada ou esculpida em mogno e cerejeira, e desenhada especificamente para cada cômodo. Tudo era lindo, tenho de admitir, mas não era algo em que eu costumava pensar. Para mim, era apenas uma casa. O meu local favorito era a janela do meu quarto, que levava para a varanda do andar de cima. Aquela era a minha rota de fuga.

Mesmo assim, mostrei a casa para ela, passando rapidamente pela sala de estar, a biblioteca, a sala de televisão e a sala da família. Os olhos de Jamie arregalavam cada vez mais a cada novo cômodo que eu lhe apresentava. A minha mãe estava do lado de fora, tomando sol na varanda, bebendo um *mint julep*[1] e lendo, nos ouviu andando pela casa e entrou para dizer olá.

Eu acho que já disse que todos os adultos na cidade adoravam Jamie, e isso incluía a minha mãe. Embora Hegbert sempre proferisse

1 Bebida feita com uísque, folhas de hortelã maceradas e gelo moído. (N. do T.)

sermões que tinham a minha família como principal alvo, minha mãe nunca usou esse fato contra Jamie, de tão amável que ela era. Sendo assim, elas conversaram enquanto eu estava no meu quarto em busca de uma camisa limpa e uma gravata. Naquela época, usar gravata era comum para os rapazes, especialmente quando tinham um compromisso com alguém em um cargo ou posição de autoridade. Quando desci as escadas, Jamie já havia explicado o plano para a minha mãe.

— É uma ideia estupenda — disse Jamie, piscando os olhos para mim. — Landon tem um coração muito especial.

Minha mãe — depois de ter certeza de que havia ouvido exatamente o que Jamie disse — me encarou com as sobrancelhas levantadas. Ela olhou para mim como se eu fosse um alienígena.

— Quer dizer que a ideia foi sua? — minha mãe perguntou. Como todos na cidade, sabia que Jamie nunca mentia.

Eu limpei a garganta, pensando em Eric e no que eu ainda queria fazer com ele. O plano incluía um barril de melado e formigas assassinas.

— Mais ou menos — eu respondi.

— Incrível. — Foi a única palavra que ela conseguiu proferir. Ela não sabia dos detalhes, mas tinha certeza de que eu havia sido encostado contra a parede para concordar em fazer algo assim. As mães sempre sabem quando isso acontece, e eu pude ver que ela estava me olhando atentamente e tentando descobrir o que estava acontecendo. Para escapar daquele olhar inquisidor, olhei para o meu relógio, fingi estar surpreso e mencionei casualmente que era melhor que pegássemos a estrada. Minha mãe pegou as chaves do carro na sua bolsa e me entregou, novamente me olhando atentamente enquanto saíamos para o jardim. Eu respirei aliviado, imaginando que, de algum modo, eu tinha me safado daquilo. Entretanto, quando levei Jamie até o carro e abri a porta para que ela entrasse, ouvi novamente a voz da minha mãe.

— Volte quando quiser, Jamie! — minha mãe gritou. — Você é sempre bem-vinda aqui.

Até mesmo as mães sabem como nos deixar loucos às vezes.

Eu ainda balançava a cabeça, desanimado, quando entrei no carro.

— Sua mãe é uma senhora maravilhosa — disse Jamie.

Dei a partida no motor.

— É, acho que sim — eu disse.

— E a sua casa é linda.

— Aham.

— Você devia dar graças pelas bênçãos que recebeu.

— Oh — eu disse —, eu dou graças. Sou praticamente a pessoa mais afortunada do mundo.

De algum modo, acho que ela não conseguiu notar o sarcasmo na minha voz.

Chegamos ao orfanato bem na hora em que estava escurecendo, alguns minutos antes do horário marcado, e o diretor estava falando ao telefone. Era uma ligação importante e ele não poderia nos receber por alguns minutos, então nos sentamos em um banco no corredor que levava até a porta do seu escritório. Jamie me encarou. Ela estava com a *Bíblia* no colo. Eu acho que ela a usava como algum tipo de apoio, mas, por outro lado, talvez fosse apenas hábito.

— Você foi muito bem hoje — ela disse. — Nas suas falas da peça.

— Obrigado — eu disse, me sentindo orgulhoso e deprimido ao mesmo tempo. — Mas ainda não consegui assimilar a movimentação no palco. — Não havia como praticar aquilo na varanda da casa dela, e esperava que ela não chegasse ao ponto de sugerir que o fizéssemos.

— Você vai conseguir. Fica fácil depois que você memoriza as falas.

— Espero que sim.

Jamie sorriu, e, após um momento, mudou de assunto, deixando-me um pouco desconcertado.

— Você costuma pensar no futuro, Landon? — ela perguntou.

Eu fiquei espantado com aquela pergunta, porque ela parecia... tão comum.

— Sim, claro. Acho que sim — eu respondi, cautelosamente.

— E o que você quer fazer da vida?

Eu dei de ombros, desconfiado daquela pergunta.

— Ainda não sei. — Não consegui achar uma resposta definitiva. — Vou para a UCN no ano que vem, é o que espero. Mas preciso que eles aprovem a minha inscrição.

— Eles vão aprovar.

— Como você sabe?

— Porque eu rezo por isso também.

Com aquela frase, pensei que iríamos começar mais uma discussão sobre o poder da oração e da fé, mas Jamie me lançou outra pergunta complicada.

— E quando terminar a faculdade? O que você vai querer fazer?

— Não sei. Talvez vire lenhador de um braço só.

Ela não achou aquilo engraçado.

— Eu acho que você devia se tornar pastor — ela disse, séria. — Acho que você sabe lidar com as pessoas, e elas respeitariam o que você tem a dizer.

Apesar de aquela ideia ser completamente ridícula, eu sabia que, no caso de Jamie, aquelas palavras vinham do fundo do coração, e que ela as dizia como se fosse um elogio.

— Obrigado — eu disse. — Não sei se eu vou fazer isso, mas tenho certeza de que vou encontrar alguma coisa para fazer. — Demorei um momento para perceber que a conversa havia parado, e que era a minha vez de fazer uma pergunta.

— E você? O que você quer fazer no futuro?

Jamie virou para o outro lado, com um olhar distante, fazendo com que eu tentasse imaginar no que ela estava pensando. Mas aquele olhar desapareceu quase tão rápido quanto surgiu.

— Eu quero me casar — ela falou, tranquilamente. — E quando isso acontecer, quero que o meu pai me conduza até o altar, e quero que todos que conheço estejam lá. Eu quero que a igreja esteja cheia de gente.

— Só isso? — Embora eu não fosse avesso ao casamento, parecia meio ingênuo ter aquilo como objetivo de vida.

— Sim — ela disse. — É só o que eu quero.

Do jeito que ela respondeu, imaginei que suspeitasse que terminaria igual à Srta. Garber. Eu tentei fazer com que ela se animasse, mesmo que tudo aquilo ainda parecesse meio bobo para mim.

— Bem, você vai se casar algum dia. Você vai encontrar um cara legal, vocês vão se dar bem, e ele vai pedir a sua mão em casamento. E tenho certeza de que o seu pai vai ficar muito feliz em poder levá-la até o altar.

Não fiz questão de mencionar a parte sobre ter muita gente na igreja. Acho que aquilo era uma coisa que eu não conseguiria imaginar.

Jamie analisou cuidadosamente a minha resposta, realmente pensando no que eu havia dito, embora eu não soubesse o porquê.

— Espero que sim — ela disse, finalmente.

Não me pergunte como, mas eu percebi que ela não queria mais falar sobre aquilo. Então decidi falar de alguma outra coisa.

— Há quanto tempo você vem ao orfanato?

— Já faz sete anos. Eu tinha 10 anos na primeira vez que vim. Eu era mais nova do que várias das crianças aqui.

— Você gosta, ou isso te deixa triste?

— As duas coisas. Algumas das crianças aqui passam por situações realmente horríveis. É de partir o coração. Mas quando veem você chegar com alguns livros da biblioteca ou um novo jogo para brincar com elas, o sorriso no rosto delas leva toda a tristeza embora. É a melhor sensação do mundo.

Ela quase chegava a brilhar quando falava. Embora não estivesse falando aquilo para fazer com que eu me sentisse culpado, era exatamente assim que me sentia. Era uma das razões pelas quais era tão difícil tolerá-la, mas, naqueles dias, estava começando a me acostumar. Aprendi que ela poderia ser tudo, exceto uma pessoa normal.

Naquele momento, o Sr. Jenkins abriu a porta e nos convidou a entrar. O escritório parecia um quarto de hospital, com azulejos pretos e brancos no piso, paredes e teto brancos e um armário de metal encostado na parede. No lugar onde normalmente ficaria a cama, havia uma escrivaninha de metal que parecia ter sido rejeitada na linha de produção. Parecia que qualquer traço de personalidade havia sido meticulosamente removido. Não havia nenhuma foto, quadro ou qualquer coisa que fosse.

Jamie me apresentou e cumprimentei o Sr. Jenkins. Quando nos sentamos, Jamie dominou a maior parte da conversa. Eram velhos amigos, e o diretor havia dado um forte abraço nela assim que entramos. Depois de alisar as dobras da sua saia, Jamie explicou o nosso plano. O Sr. Jenkins já havia assistido à peça havia alguns anos, e percebeu o que ela queria dizer assim que começou a explicação. Mas, embora ele gostasse muito de Jamie e soubesse que tinha boas intenções, não achou que fosse uma boa ideia.

— Eu acho que não seria uma boa ideia — ele disse.

Foi assim que percebi o que ele estava pensando.

— Por que não? — perguntou Jamie, com o cenho franzido. Ela parecia genuinamente perplexa por causa da falta de entusiasmo do diretor do orfanato.

O Sr. Jenkins pegou um lápis e começou a tamborilá-lo na mesa, obviamente pensando em como explicar aquilo para Jamie. Depois de alguns instantes, largou o lápis e suspirou.

— Embora eu ache que é uma ideia maravilhosa e saiba que você gostaria de fazer algo que fosse especial, a peça é sobre um pai que, no final, percebe o quanto ama a sua filha. — Ele deixou o pensamento surtir efeito por alguns segundos, e pegou o lápis novamente. — O Natal já é difícil por aqui sem termos de lembrar às crianças aquilo que elas não têm. Eu acho que, se as crianças assistirem à peça...

Ele nem precisou terminar. Jamie cobriu a boca com as mãos.

— Oh, meu Deus — ela disse. — O senhor está certo. Eu não tinha pensado nisso.

Eu também não tinha, para falar a verdade. Mas o que o Sr. Jenkins disse fazia todo o sentido.

Mesmo assim, nos agradeceu, e conversou conosco por algum tempo sobre os planos que tinha.

— Vamos ter uma pequena árvore de natal e alguns presentes — algo que possa ser compartilhado por todos. E vocês serão bem-vindos se quiserem nos visitar na noite de natal.

Depois de nos despedirmos, Jamie e eu caminhamos em silêncio, sem trocar uma palavra. Eu percebi que ela estava triste. Quanto mais tempo passava com Jamie, mais eu percebia que ela tinha várias emoções diferentes — ela não estava sempre alegre e feliz. Acredite ou não, aquela foi a primeira vez que eu reconheci que, de certa forma, ela era exatamente como qualquer um de nós.

— Uma pena não ter dado certo — eu disse, em voz baixa.

— É uma pena mesmo.

Ela estava com aquele olhar distante novamente e ficou perdida por um momento antes de continuar.

— Eu só queria fazer algo diferente para eles neste ano. Algo especial, de que eles pudessem se lembrar para sempre. Eu tinha certeza de que seria essa apresentação... — ela suspirou. — O Senhor parece ter planos que eu ainda desconheço.

Ela ficou em silêncio por um longo tempo, e olhei para ela. Ver Jamie entristecida era quase pior do que me sentir mal por causa dela. Diferente de Jamie, eu merecia sentir vergonha de mim mesmo — eu sabia o tipo de pessoa que eu era. Mas ela...

— Já que estamos aqui, você não gostaria de dar uma olhada nas crianças? — eu perguntei, tentando quebrar o silêncio. Foi a única coisa que pude pensar que poderia fazer com que ela se sentisse um pouco melhor. — Eu posso esperar aqui fora enquanto você conversa com elas, ou posso esperar no carro se você quiser.

— Você viria visitá-las comigo? — ela perguntou, repentinamente.

Para ser honesto, eu não sabia se conseguiria aguentar aquilo, mas sabia que ela realmente queria que eu fosse. E ela estava se sentindo tão desconsolada que as palavras vieram automaticamente.

— Claro, eu vou.

— Neste horário, eles geralmente ficam na sala de recreação — ela disse.

Caminhamos pelos corredores até uma porta dupla, que abria para um salão maior. Em um dos cantos havia uma televisão, com cerca de 30 cadeiras dobráveis de metal colocadas ao redor. As crianças estavam sentadas ao redor do aparelho, mas era possível perceber que somente as que estavam sentadas na primeira fileira tinham a linha de visão desimpedida.

Eu olhei em volta. Havia uma velha mesa de pingue-pongue no canto. A superfície tinha rachaduras, e a rede parecia ter desaparecido há tempos. Vi alguns copos de isopor sobre ela, e percebi que a mesa não era usada havia muitos meses, talvez anos. Mais adiante, junto à parede, havia algumas prateleiras, com alguns brinquedos aqui e ali — blocos de madeira e quebra-cabeças, e um ou outro jogo. Não tinha muito mais do que isso, e os que estavam ali aparentavam estar naquele salão há muito tempo. Na parede oposta havia carteiras individuais com pilhas de jornais rabiscados com giz de cera.

Ficamos na entrada do salão por alguns instantes. Ainda não tinham percebido que estávamos lá, e perguntei para que serviam aqueles jornais.

— Eles não têm livros de colorir — ela sussurrou — por isso usam jornais. — Ela não olhou para mim enquanto falava — em vez disso, sua atenção estava focada nas crianças. Começou a sorrir novamente.

— E aqueles são todos os brinquedos que eles têm? — eu perguntei.

Ela concordou.

— Sim, exceto pelos animais de pelúcia. Eles podem guardá-los nos quartos. Aqui é onde fica o resto das coisas.

Eu imagino que ela já estivesse acostumada àquilo. Para mim, entretanto, o vazio da sala deixava tudo mais deprimente. Eu não conseguia imaginar como seria crescer em um lugar daqueles.

Jamie e eu finalmente entramos na sala, e uma das crianças se voltou para nós ao ouvir os nossos passos. Ele tinha uns 8 anos de idade, o cabelo ruivo e sardas, e sem os dois dentes da frente.

— Jamie! — ele gritou alegremente ao vê-la, e, imediatamente, todos os olhares se voltaram para ela. As crianças tinham entre 5 e 12 anos, e havia mais meninos do que meninas. Depois de doze anos eles iam viver com pais adotivos, como fiquei sabendo depois.

— Oi, Roger — respondeu Jamie. — Como você está?

Roger e alguns dos outros se juntaram à nossa volta. Algumas das outras crianças nos ignoraram e chegaram mais perto da televisão, já que algumas das cadeiras da primeira fila estavam livres. Jamie me apresentou para um dos outros garotos que havia perguntado se eu era o seu namorado. Pelo seu tom de voz, acho que ele tinha a mesma opinião sobre Jamie que a maioria dos alunos do ensino médio.

— Ele é só um amigo — ela disse. — Mas ele é muito bondoso.

Durante a hora seguinte conversamos com as crianças. Fizeram-me várias perguntas sobre onde eu morava, se a minha casa era grande e que tipo de carro eu tinha, e, quando finalmente saímos de lá, Jamie prometeu que voltaria em breve. Eu percebi que ela não prometeu que eu voltaria com ela.

Enquanto caminhávamos de volta para o carro, eu disse:

— Eles são garotos muito legais. — Dei de ombros, meio desajeitado. — Fico contente por você querer ajudá-los.

Jamie me olhou e sorriu. Ela sabia que não havia muito a acrescentar, mas ainda estava pensando sobre o que faria pelos órfãos naquele Natal.

Capítulo 7

No princípio de dezembro, pouco mais de duas semanas depois do início dos ensaios, o céu já estava coberto pelo escuro do inverno quando as aulas da Srta. Garber terminavam, e Jamie perguntou se eu me importaria de acompanhá-la até em casa. Eu não sei por que ela queria que eu fizesse aquilo. Beaufort não era exatamente um antro de criminalidade naquela época. O único assassinato de que eu havia ouvido falar ocorrera seis anos antes, quando um cara foi esfaqueado do lado de fora da taverna Maurice's, que, a bem da verdade, era o tipo de lugar onde pessoas como Lew costumavam tomar uns tragos. Aquilo causou uma comoção generalizada durante uma hora, mais ou menos, e as linhas telefônicas pela cidade ficaram congestionadas, enquanto mulheres nervosas pensavam na possibilidade de haver um louco ensandecido vagando pelas ruas, atacando vítimas inocentes. As portas foram trancadas, armas foram carregadas, homens se sentaram em frente às suas janelas, procurando por qualquer sinal de anormalidade nas pessoas, em busca de alguém que pudesse estar se esgueirando pelas ruas. Mas tudo acabou naquela noite mesmo, quando o cara chegou até a delegacia de polícia e se entregou, dizendo que foi uma briga de bar que havia saído do controle. Evidentemente, a vítima havia se recusado a pagar uma aposta. O homem foi acusado de assassinato em segundo grau e passou seis anos na penitenciária estadual. Os policiais da nossa cidade tinham o trabalho mais enfadonho do mundo, mas ainda gostavam de fazer a ronda com um ar de superioridade ou de sentar em cafeterias enquanto falavam sobre "o grande crime", como se tivessem solucionado o caso do bebê dos Lindbergh.

Mas a casa de Jamie ficava no caminho para a minha própria casa, e eu não poderia dizer não sem magoá-la. Não que eu gostasse dela, nem nada parecido, não me entenda mal. Mas, como tinha de passar algumas horas por dia com ela, e continuaria a fazer isso durante pelo menos mais uma semana, o melhor era não fazer algo que pudesse tornar o dia seguinte miserável para qualquer um dos dois.

A peça seria apresentada na sexta e no sábado, e muitas pessoas já estavam comentando. A Srta. Garber ficou tão impressionada com Jamie e comigo que ela insistia em dizer a todo mundo que aquele seria o melhor espetáculo que a escola apresentaria. Ela também tinha um dom para propaganda. Nós tínhamos apenas uma estação de rádio na cidade, e eles a entrevistaram no ar, não apenas uma vez, mas duas.

— Vai ser maravilhoso — ela dizia —, absolutamente maravilhoso! — Ela também havia telefonado para os jornais, e eles concordaram em escrever um artigo sobre a apresentação, especialmente por causa da conexão com a história de Jamie e Hegbert, embora todo mundo na cidade já conhecesse a história. Mas a Srta. Garber era incansável, e bem naquele dia ela havia nos dito que o teatro colocaria mais assentos para acomodar a imensa plateia que esperavam ter. A turma de arte dramática ficou estupefata, como se fosse algo inacreditável, mas, pensando bem, eu acho que, para alguns alunos, era realmente uma situação digna de nota. Lembre-se de que havia pessoas como Eddie na turma. Ele provavelmente pensava que aquela seria a única vez na sua vida em que as pessoas se interessariam por ele. A parte triste é que provavelmente tinha razão.

Você pode estar pensando que eu estava animado com aquilo tudo, mas, para ser honesto, não estava. Meus amigos ainda implicavam comigo na escola, e parecia que eu não tinha uma tarde livre havia séculos. A única coisa que me estimulava a continuar com aquilo era o fato de que estava fazendo "a coisa certa". Eu sei que não é muito, mas, francamente, era tudo o que eu tinha. Ocasionalmente eu até me sentia bem, embora nunca admitisse isso para ninguém. Dava para imaginar os anjos no céu, ao meu redor, me olhando fixamente com pequenas lágrimas no canto dos olhos, falando sobre o quanto eu era uma pessoa boa, com todos os sacrifícios que estava fazendo.

Assim, eu estava acompanhando Jamie até a sua casa naquela primeira noite, pensando em tudo isso, quando ela me fez uma pergunta.

— É verdade que você e os seus amigos, às vezes, ficam no cemitério, à noite?

Uma parte de mim ficou surpresa por ela se interessar. Embora não fosse exatamente um segredo de Estado, não era o tipo de coisa pela qual ela se interessaria.

— Sim — eu disse, dando de ombros. — Às vezes.

— E o que vocês fazem lá, além de comer amendoim?

Acho que ela sabia sobre isso também.

— Não sei — eu disse. — Conversamos... contamos piadas. É um lugar aonde gostamos de ir.

— Vocês não têm medo?

— Não — respondi. — Por quê? Você ficaria com medo?

— Não sei — ela disse. — Talvez.

— Por quê?

— Tenho medo de fazer alguma coisa errada lá.

— Não fazemos nada de mau lá. Quero dizer... não derrubamos as lápides nem jogamos lixo entre os túmulos — eu disse. Eu não queria contar a ela que conversávamos sobre Henry Preston, porque eu sabia que isso não era o tipo de coisa que Jamie gostaria de escutar. Na semana anterior Eric havia filosofado sobre a velocidade com a qual um cara daqueles poderia deitar na cama e... bom, você sabe o resto.

— Vocês já sentaram para ouvir os ruídos? — ela perguntou. — Como os grilos cantando, ou o farfalhar das folhas quando o vento sopra? Ou já deitaram para olhar as estrelas?

Embora ela fosse adolescente já havia quatro anos, Jamie não fazia a menor ideia do que era ser adolescente, e tentar compreender rapazes adolescentes era para ela como tentar decifrar a teoria da relatividade.

— Não, nunca fizemos isso.

— Eu acho que faria isso se estivesse lá, se eu fosse ao cemitério durante a noite. Eu ficaria olhando ao redor para admirar o lugar, ou só ficaria sentada para ouvir o barulho das coisas.

Toda aquela conversa me pareceu muito estranha, mas eu não estimulei o assunto, e caminhamos em silêncio por alguns instantes. E como ela havia perguntado sobre mim, me senti na obrigação de perguntar sobre ela. Afinal, ela não tinha colocado os planos de Deus na conversa, então era o mínimo que eu podia fazer.

— E então, o que você faz da vida? — eu perguntei. — Além de trabalhar com os órfãos, ajudar animais e ler a *Bíblia*? — Parece ridículo, até mesmo para mim, eu admito. Mas aquilo era exatamente o que ela fazia.

Ela sorriu para mim. Eu acho que ficou surpresa com a pergunta, e ainda mais surpresa com o meu interesse por ela.

— Eu faço várias coisas. Estudo para as provas da escola, passo o tempo com o meu pai, jogamos cartas de vez em quando. Esse tipo de coisa.

— Você nunca sai com seus amigos para jogar conversa fora?

— Não — ela disse, e percebi, pelo jeito como ela respondeu, que era óbvio, até mesmo para Jamie, que ninguém a queria por perto durante muito tempo.

— Aposto que você está empolgada com a faculdade no ano que vem — eu disse, mudando de assunto.

— Eu não creio que irei para a faculdade, — ela disse, como se aquilo não tivesse importância. Sua resposta me pegou desprevenido. Jamie tinha algumas das notas mais altas da turma do último ano, e, dependendo dos resultados daquele último semestre, poderia até ser escolhida pelos professores como oradora da sala. Os alunos já faziam apostas sobre quantas vezes ela mencionaria os planos de Deus em seu discurso. Eu apostava em 14, considerando que o discurso estava previsto para durar cinco minutos.

— E o que me diz de Mount Sermon? Achei que você estivesse planejando ir para lá. Acho que você iria adorar um lugar como aquele — eu disse.

Ela me encarou com um brilho nos olhos.

— Você quer dizer que seria o lugar certo para uma pessoa como eu, não é?

Aquelas perguntas incisivas que ela fazia às vezes me acertavam bem no meio da cara.

— Eu não quis dizer isso — falei, rapidamente. — Mas eu me lembro do quanto você estava empolgada em ir para lá no ano que vem.

Ela deu de ombros, sem responder, e, para ser honesto, eu não saberia como receber aquela resposta. Naquele momento já tínhamos chegado à frente da casa dela, e paramos na calçada em frente ao passadiço. De onde eu estava podia ver a sombra de Hegbert na sala, por trás das cortinas. A luminária estava acesa, e ele estava sentado no sofá ao lado da janela. Estava com a cabeça baixa, como se estivesse lendo alguma coisa. Imaginei que fosse a *Bíblia*.

— Obrigada por me acompanhar até aqui, Landon — ela disse, e olhou para mim por um instante antes de finalmente subir as escadas.

Enquanto a observava, não consegui evitar pensar que, de todas as vezes em que havíamos conversado, aquela foi a mais estranha.

Apesar da esquisitice de algumas das suas respostas, ela parecia praticamente normal.

Na noite seguinte, quando a acompanhava até sua casa, ela me perguntou sobre o meu pai.

— Ele é um cara normal, eu acho — respondi —, mas não passa muito tempo em casa.

— Você se ressente por ele não estar por perto enquanto você cresce?

— Às vezes.

— Eu também sinto falta da minha mãe, ela disse. — Mesmo sem tê-la conhecido.

Era a primeira vez que eu havia considerado que Jamie e eu poderíamos ter algo em comum. Eu tentei assimilar aquela ideia.

— Deve ser difícil para você — eu disse, com sinceridade. — Mesmo que meu pai seja um estranho para mim, pelo menos ele ainda aparece de vez em quando.

Ela olhou para mim enquanto andávamos, e depois olhou para frente de novo. Ela colocou a mão nos cabelos e puxou o coque. Eu estava começando a perceber que ela fazia aquilo sempre que estava nervosa ou quando não sabia o que dizer.

— Às vezes é difícil mesmo. Não me entenda mal — eu amo meu pai, do fundo do coração —, mas há momentos em que imagino como seria se a minha mãe tivesse sobrevivido. Acredito que eu e ela poderíamos conversar sobre certas coisas de um jeito que é impossível entre mim e meu pai.

Eu achei que ela estivesse falando sobre garotos. Demorou um tempo até que eu descobrisse o quanto estava errado.

— E como é viver com o seu pai? Ele age do mesmo jeito que na igreja?

— Não. Na verdade, ele tem um ótimo senso de humor.

— Hegbert? — eu disse, surpreso. Eu nem conseguia imaginar.

Eu acho que ela ficou chocada ao me ouvir chamá-lo pelo primeiro nome, mas aliviou a pressão e não reagiu ao meu comentário. Em vez disso, disse:

— Não fique tão surpreso. Você vai gostar dele quando conhecê-lo melhor.

— Duvido que eu vá conhecê-lo melhor.

— Você nunca sabe, Landon — ela disse, sorrindo — quais são os planos de Deus.

Eu detestava quando ela dizia aquilo. Todos sabiam que ela falava com o Senhor todos os dias, mas nunca ninguém sabia o que o "Patrão do andar de cima" havia dito a ela. Ela poderia até mesmo ter uma passagem direta de primeira classe para o céu, por ser uma pessoa tão boa quanto era.

— E como eu poderia vir a conhecê-lo? — perguntei.

Ela não respondeu, mas sorriu para si mesma, como se soubesse de algum segredo e não quisesse me contar. Como eu disse, eu detestava quando ela fazia isso.

Na noite seguinte nós conversamos sobre a *Bíblia*.

— Por que você sempre a leva consigo?

Eu achava que ela levava a *Bíblia* na mochila simplesmente porque era a filha do pastor. Não era uma suposição tão absurda, especialmente pelo jeito que Hegbert considerava as escrituras. Mas a *Bíblia* de Jamie era velha e a capa já estava bem surrada, e eu imagino que ela seria o tipo de pessoa que compraria uma nova todos os anos, só para ajudar a indústria de publicação de *Bíblias* ou para mostrar a renovação da sua dedicação ao Senhor.

Ela deu alguns passos antes de responder.

— Era a *Bíblia* da minha mãe — ela disse, lacônica.

— Oh... — eu disse, como se tivesse acabado de pisar na tartaruga de estimação de alguém, esmagando-a sob o sapato.

Ela olhou para mim.

— Não tem problema, Landon. Você não tinha como saber.

— Desculpe por perguntar.

— Não precisa se desculpar. Você não o fez por mal. — Ela fez uma pausa. — Meus pais ganharam esta *Bíblia* como presente de casamento, e a minha mãe tomou conta dela. Lia-a o tempo todo, especialmente quando estava passando por algum momento difícil na sua vida.

Eu me lembrei dos abortos. Jamie continuou.

— Ela adorava ler a *Bíblia* à noite, antes de dormir, e estava com ela no hospital quando nasci. Quando meu pai foi informado que ela havia morrido, ele voltou para casa, levando a *Bíblia* junto de mim.

— Lamento — eu disse. Sempre que alguém conta algo triste, é a única coisa a dizer, mesmo que você já tenha dito isso antes.

— Esta *Bíblia* me dá a sensação de... que eu faço parte da minha mãe. Você entende? — Ela não estava dizendo aquilo com tristeza, mas apenas para responder à minha pergunta. De algum modo, isso deixava as coisas ainda piores.

Depois de me contar a história, pensei novamente sobre o fato de Jamie ter crescido com Hegbert, e não soube o que dizer. Enquanto eu tentava encontrar uma resposta, ouvi um carro buzinar atrás de nós, e nos viramos ao mesmo tempo, enquanto ele estacionava ao nosso lado.

Eric e Margaret estavam no carro — Eric dirigindo e Margaret no banco do passageiro, mais próxima da calçada.

— Ei, olha quem está aqui — disse Eric, se inclinando por cima do volante para que eu pudesse ver seu rosto. Eu não havia contado a ele que estava acompanhando Jamie no caminho para casa, e, como o cérebro adolescente funciona de maneira curiosa, aquela situação acabou ficando mais importante do que qualquer coisa que eu estivesse sentindo a respeito da história de Jamie.

— Olá, Eric. Olá, Margaret — disse Jamie, alegre.

— Acompanhando Jamie até em casa, Landon? — Dava para ver o diabinho por trás do sorriso de Eric.

— Oi, Eric — eu disse, desejando com todas as minhas forças que ele não tivesse me visto.

— Está uma linda noite para um passeio, não é mesmo? — disse Eric. Eu acho que, como Margaret estava entre ele e Jamie, ele se sentia um pouco mais ousado do que geralmente seria na presença de Jamie. E ele não era o tipo de pessoa que deixaria passar essa oportunidade de me envergonhar.

Jamie deu uma espiada em volta e sorriu.

— É, sim.

Eric também espiou ao redor, com um olhar pensativo, antes de respirar fundo. Tive certeza de que ele estava fingindo.

— Cara, realmente a noite está ótima. — Ele suspirou e olhou em nossa direção enquanto dava de ombros. — Eu poderia oferecer uma carona a vocês, mas não seria tão bom quanto caminhar à luz das estrelas, e não quero que vocês percam essa oportunidade. — Ele disse aquilo como se estivesse fazendo um favor.

— Ah, nós estamos quase na minha casa, de qualquer maneira, — disse Jamie. — Eu ia oferecer um copo de sidra para Landon. Vocês querem nos encontrar lá? Há o bastante para todos.

Um copo de sidra? Na casa dela? Ela não havia mencionado aquilo.

Enfiei as mãos nos bolsos, imaginando se aquela situação poderia ficar pior.

— Ah, não, obrigado. Estávamos indo para o Cecil's Diner.

— Durante a semana? Mas temos aula amanhã — ela comentou, inocentemente.

— Ah, não ficaremos na rua até tarde — ele prometeu —, mas está na hora de irmos. Aproveitem a sidra por nós.

— Obrigada por pararem para conversar com a gente — disse Jamie, acenando.

Eric deu partida no carro, e saiu dirigindo devagar. Jamie provavelmente pensou que ele era um motorista cuidadoso. Na verdade não era, mas Eric sempre conseguia evitar encrenca quando trombava em alguma coisa. Eu lembro que, uma vez, ele contou à mãe dele que uma vaca havia pulado na frente do carro, e era por isso que a grade do radiador e o para-choque estavam amassados. "Aconteceu tão rápido, mãe, eu nem percebi de onde veio a vaca, ela simplesmente apareceu na minha frente, do nada, e não consegui parar a tempo." Todos sabiam que as vacas não têm a capacidade de se materializar na frente dos carros, mas a mãe dele acreditou na história. Só para constar: ela também havia sido líder de torcida.

Quando o carro de Eric desapareceu ao virar a esquina, Jamie virou para mim e sorriu.

— Você tem amigos muito gentis, Landon.

— Tenho, com certeza tenho — respondi, com a frase estruturada cuidadosamente.

Depois de deixar Jamie — não, eu não aceitei ficar para tomar sidra —, comecei a andar em direção à minha casa, resmungando o tempo inteiro. Naquela hora, já tinha praticamente esquecido a história de Jamie, e quase conseguia ouvir meus amigos rindo de mim no caminho para o Cecil's Diner.

Viu o que acontece quando você é um cara legal?

Na manhã seguinte, todos na escola já sabiam que eu estava acompanhando Jamie até em casa, e aquilo foi o início de uma nova rodada de especulações sobre nós. Desta vez era pior do que antes. A situação era tão ruim que tive de ficar na biblioteca durante a hora do almoço para escapar das provocações.

Naquela noite, o ensaio seria no teatro. Seria o último antes da estreia, e nós tínhamos muito a fazer. Logo depois do término das aulas, os rapazes da turma de arte dramática tiveram de colocar todos os objetos de cena na caçamba do caminhão que havia sido alugado para levá-los para o teatro. O único problema era que Eddie e eu éramos os únicos rapazes na turma, e ele não é exatamente a pessoa mais coordenada que existe. Nós estávamos passando pela porta, carregando um dos objetos mais pesados, e o corpo magricela de Eddie teimava em trabalhar contra ele. A cada momento mais delicado, quando eu realmente precisava da ajuda dele para equilibrar o peso, Eddie cambaleava por causa da poeira do chão ou de algum inseto, e toda aquela carga pressionava os meus dedos, esmagando-os contra o batente da porta, da maneira mais dolorosa possível.

— D-d-desculpe — dizia ele. — V-v-você se m-m-machucou?

Eu engolia os xingamentos que teimavam em subir até a garganta e falava por entre os dentes: “Não faça mais isso”.

Mas ele não conseguia evitar tropeçar ou cambalear pela escola, da mesma forma que é impossível alguém conseguir impedir a chuva de cair. Quando nós terminamos de carregar e descarregar tudo, meus dedos estavam iguais aos de Toby, o faz-tudo sem emprego fixo. E, para piorar as coisas, eu nem tive a chance de comer antes de o ensaio começar. O transporte dos objetos de cena durou três horas, e só terminamos de montar o cenário poucos minutos antes dos outros chegarem para começar o ensaio. Com tudo que havia acontecido naquele dia, é suficiente dizer que eu estava com um humor péssimo.

Eu pronunciei as minhas falas sem pensar, e a Srta. Garber passou a noite inteira sem dizer a palavra “maravilhoso”. Seu semblante tinha uma expressão preocupada, mas Jamie simplesmente sorriu e disse a ela que não se preocupasse, que tudo daria certo. Eu sabia que Jamie estava apenas tentando melhorar a minha situação, mas, quando ela pediu que a acompanhasse até em casa, eu disse que não o faria. O teatro ficava no meio da cidade, e para ir até a casa dela eu teria de dar uma volta bem maior para chegar a minha casa. Mas a Srta. Garber havia ouvido o pedido, e disse, com bastante firmeza, que eu ficaria muito feliz em acompanhar Jamie.

— Vocês dois podem aproveitar e conversar sobre a apresentação — ela disse. — Talvez possam discutir os pontos que ainda não estão perfeitos. Ela se referia a mim, especificamente.

Assim, outra vez eu caminhei com Jamie até a sua casa, mas ela percebeu que eu não estava a fim de conversar, já que eu andava um pouco à frente, com as mãos nos bolsos, sem mesmo me virar para ver se ela ainda estava me acompanhando. Foi assim durante alguns minutos e eu não havia dito uma palavra a ela.

— Você não está muito bem, não é? — ela perguntou, finalmente. — Você nem mesmo se esforçou esta noite.

— Ah, você percebeu, não é? — eu disse, sarcástico, sem olhar para ela.

— Talvez eu possa ajudar — ela ofereceu. Disse aquilo com um pouco de alegria, o que me deixou até um pouco mais zangado.

— Duvido — vociferei.

— Talvez se você me dissesse o que há de errado.

Eu não a deixei terminar.

— Olhe — eu disse, parando e me virando para encará-la. — Eu passei o dia todo carregando um monte de lixo, eu não comi nada desde a hora do almoço, e agora eu tenho de desviar dois quilômetros do meu caminho para te acompanhar até sua casa, quando nós dois sabemos que você não precisa que eu faça isso.

Era a primeira vez que eu levantava a voz para ela. Para falar a verdade, aquilo causou uma sensação boa. A pressão estava acumulada havia muito tempo. Jamie foi pega de surpresa e não conseguiu responder, e eu continuei.

— E a única razão pela qual estou fazendo isso é porque a peça é importante para o seu pai, que nem gosta de mim. Essa situação inteira é idiota, e eu queria nunca ter concordado em participar disso.

— Você está dizendo isso porque está nervoso por causa da peça.

Eu a interrompi novamente com um movimento de cabeça. Depois que eu começava, era difícil parar. Havia um limite para toda a alegria e otimismo de Jamie, e hoje não era um bom dia para testar esse limite.

— Você não entende? — eu disse, exasperado. — Eu não estou nervoso por causa da peça, eu simplesmente não quero estar aqui. Não quero acompanhar você até a sua casa, não quero que meus amigos fiquem falando de mim, e não quero passar meu tempo com você. Você age como se fôssemos amigos, mas não somos. Não somos nada. Eu só quero que tudo isso acabe para que a minha vida finalmente volte ao normal.

Ela parecia magoada pela minha explosão, e, para ser honesto, eu não podia culpá-la.

— Entendo — foi tudo o que ela conseguiu dizer. Eu esperei que ela levantasse a voz para mim, para se defender, para justificar as suas razões novamente, mas ela não fez nada daquilo. Tudo o que fez foi olhar para o chão. Eu acho que uma parte dela queria chorar, mas ela resistiu, e eu comecei a ir embora dali, deixando-a sozinha. Um momento depois, entretanto, ouvi quando ela começou a andar, também. Ela andou a uns cinco metros atrás de mim até chegarmos a sua casa, e não tentou conversar comigo novamente até pisar no passadiço. Eu já estava descendo a calçada quando ouvi a voz dela.

— Obrigada por me trazer até em casa, Landon.

Eu gemi quando ela disse aquilo. Mesmo depois de eu tê-la maltratado e dito as coisas mais odiosas, ela conseguiu arrumar uma razão para me agradecer. Ela era aquele tipo de pessoa, e acho que era por isso que eu a detestava tanto.

Ou, para falar a verdade, eu acho que detestava a mim mesmo.

Capítulo 8

A noite da apresentação estava fria, e o céu estava absolutamente limpo, sem uma nuvem. Tivemos de chegar uma hora mais cedo, e eu havia passado o dia inteiro me sentindo mal por ter falado com Jamie daquele jeito. Ela sempre foi amável comigo, e eu sabia que havia sido um calhorda. Vi-a nos corredores durante as aulas do dia, e senti vontade de me desculpar com ela pelo que havia dito, mas ela sumiu no meio dos outros alunos antes que eu tivesse a chance de alcançá-la.

Ela já estava no teatro quando cheguei, e a vi conversando com a Srta. Garber e com Hegbert em uma das coxias, ao lado da cortina. Todos estavam se movimentando, usando a atividade física para afastar o nervosismo da apresentação, mas Jamie parecia estranhamente letárgica. Ela ainda não havia colocado o seu traje — um vestido branco e esvoaçante que lhe daria uma aparência angelical — e vestia o mesmo blusão que usou para ir à escola. Apesar da minha incerteza sobre como ela reagiria, caminhei até onde eles estavam.

— Oi, Jamie, — eu disse. — Boa noite, reverendo, Srta. Garber...

Jamie me encarou.

— Oi, Landon, — ela disse, tranquilamente. Eu percebi que ela havia pensado sobre a noite anterior também, porque não sorriu para mim como sempre fazia ao me ver. Então, perguntei se poderíamos conversar em particular por um momento, e pedimos licença aos outros. Vi que Hegbert e a Srta. Garber nos observavam enquanto nos afastávamos dali.

— Desculpe pelas coisas que eu disse ontem — comecei. — Você deve ter ficado magoada, e foi errado eu ter dito tudo aquilo.

Ela olhou para mim, em dúvida sobre se deveria acreditar no que eu dizia.

— Você tem certeza de que quer se desculpar?

— Eu estava de mau humor. Às vezes eu acabo me descontrolando. — Eu sabia que não havia respondido à pergunta dela.

— Entendo. — Ela falou da mesma forma que na noite anterior, e depois olhou para os assentos vazios na plateia. Ela estava novamente com aquele olhar triste.

— Olhe — eu disse, pegando a mão dela. — Eu prometo que vou apagar essa impressão ruim. — Não me pergunte por que eu disse aquilo — simplesmente parecia a coisa certa a fazer.

Pela primeira vez naquela noite, ela sorriu.

— Obrigada — ela disse, voltando-se para mim.

— Jamie?

Ela se virou em direção à voz.

— Sim, Srta. Garber?

— Acho que já estamos prontos para você. — A Srta. Garber acenava para ela.

— Preciso ir agora — ela disse.

— Eu sei.

— Quebre a perna — eu disse. Dizem que desejar boa sorte antes de uma peça atrai azar. É por isso que todos desejam que você "quebre a perna" na apresentação.

Eu soltei a mão dela.

— Nós dois quebraremos, prometo.

Depois daquelas palavras, tínhamos de nos preparar. Fui até o camarim masculino. Considerando que ficava em Beaufort, o teatro era razoavelmente sofisticado, com camarins separados que nos faziam sentir que éramos realmente atores em vez de alunos do ensino médio.

O meu traje, que ficava guardado no próprio teatro, já estava no camarim. No início dos ensaios, a Srta. Garber tirou nossas medidas para que os trajes pudessem ser ajustados, e eu estava me vestindo quando Eric chegou até a porta, de surpresa. Eddie ainda estava no camarim, colocando a roupa do mendigo mudo e, quando avistou Eric, uma expressão de terror cruzou seus olhos. Pelo menos uma vez por semana Eddie era acossado por Eric, que lhe puxava a cueca pelo cós até o meio das costas. Ele saiu dali rapidamente, ainda tentando enfiar uma das pernas na calça do traje. Eric o ignorou e sentou-se na mesa em frente ao espelho.

— E então — disse Eric com um sorriso malicioso —, o que você vai fazer?

Eu olhei para ele, curioso.

— O que você quer dizer com isso?

— A peça, seu imbecil. Você vai trocar as suas falas na peça ou algo do tipo?

— Não.

— Você vai derrubar os objetos de cena? — Todos sabiam da história da construção e dos pregos aparentes nas decorações.

— Não planejo fazer nada disso.

— Quer dizer que você vai fazer tudo da maneira certa?

Fiz que sim com a cabeça. Nem me ocorreu fazer aquilo tudo de outra maneira.

Ele me encarou por um longo tempo, como se estivesse olhando para alguém que nunca tinha visto antes.

— Acho que você finalmente está crescendo, Landon — ele disse, finalmente. Vindo de Eric, eu não sabia se aquilo realmente era um elogio. Mesmo assim, eu sabia que ele estava certo.

Durante a peça, Tom Thornton fica maravilhado quando vê o anjo pela primeira vez, e é por isso que ele a ajuda a trazer a mensagem de natal para os menos afortunados. As primeiras palavras que saem da boca de Tom são: "Você é linda", e eu deveria dizê-las do fundo do meu coração. Era o momento central de todo espetáculo, e dava o tom a tudo que aconteceria depois. O problema era que eu ainda não havia conseguido acertar aquela fala. Claro, eu dizia as palavras, mas elas não eram convincentes, pois eu provavelmente falava aquilo como qualquer pessoa diria ao olhar para Jamie, com exceção de Hegbert. Era a única cena que a Srta. Garber nunca havia declarado estar maravilhosa, e, assim sendo, eu estava bem apreensivo. Eu tentava imaginar outra pessoa interpretando o anjo para conseguir a entonação certa, mas, com todas as outras coisas nas quais estava tentando me concentrar, continuava perdido.

Jamie ainda estava no camarim quando as cortinas finalmente abriram. Eu não a vi antes do início da peça, mas não importava. Ela não aparecia nas primeiras cenas, que, em sua maioria, mostravam o relacionamento entre Tom Thornton e sua filha.

Eu não achava que estaria muito agitado quando pisasse no palco, já que havia ensaiado bastante para aquele momento. Mas, quando acontece, a sensação atinge a gente bem no meio da cara. O teatro estava absolutamente lotado, e, como a Srta. Garber havia previsto, eles tiveram de colocar mais duas fileiras extras de assentos no fundo. Normalmente a casa tinha espaço para 400 pessoas, e, com aqueles assentos, havia pelo menos mais 50 pessoas na plateia. Além disso, havia pessoas assistindo à peça em pé, apoiadas nas paredes, apertadas como sardinhas enlatadas.

Assim que pisei no palco, todos ficaram absolutamente em silêncio. Eu percebi que a plateia era formada por velhas senhoras, do tipo que tingem o cabelo de um leve tom azulado, que jogam bingo e bebem Bloody Mary nos *brunchs* de domingo, embora eu tenha conseguido ver Eric e todos os meus amigos sentados perto da última fileira. Era muito estranho vê-los de frente enquanto todos esperavam que eu dissesse alguma coisa, se é que você me entende.

Assim, eu fiz o melhor que pude para afastar aquilo da minha mente e me esforcei para fazer as primeiras cenas da peça. Sally, a maravilha caolha, fazia o papel de minha filha, já que ela não era muito alta, e nós executamos as nossas cenas exatamente como havíamos ensaiado. Não tropeçamos nas falas, embora não fosse uma apresentação tão espetacular assim. Quando as cortinas fecharam para o segundo ato, tivemos de reorganizar os objetos de cena rapidamente. Todos os atores trabalhavam duro naquele momento, e meus dedos escaparam intactos, pois evitei a todo custo ficar perto de Eddie.

Eu ainda não havia visto Jamie. Acho que ela havia sido poupada de movimentar os objetos de cena porque o seu traje era feito de material leve e rasgaria todo se alguma parte do tecido prendesse em um dos pregos expostos — mas não tive muito tempo para pensar naquilo em razão de tudo que tínhamos de fazer. Quando dei por mim, as cortinas estavam abrindo e eu estava de volta ao mundo de Hegbert Sullivan, passando em frente às lojas e olhando as vitrines em busca da caixinha de música que a minha filha queria como presente de natal. Eu estava de costas para o local por onde Jamie entrou no palco, mas ouvi o público prender o fôlego assim que ela apareceu. Eu achava que a plateia estava quieta antes, mas neste momento todos estavam em silêncio absoluto. E então, olhando com o canto do olho para a lateral do palco, eu vi o queixo de Hegbert tremendo. Eu me preparei e me virei. E, quando o fiz, percebi a causa de tudo aquilo.

Pela primeira vez desde que a conheci, seu cabelo cor de mel não estava preso em um coque. Em vez disso, estava solto e era mais comprido do que eu imaginava, bem abaixo dos ombros. Havia um pouco de *glitter* espalhado pelos fios, refletindo as luzes do palco, brilhando como uma auréola de cristal. Combinado com o vestido branco feito especialmente para ela, era algo absolutamente incrível de observar. Não se parecia com a garota que eu havia visto crescer ou com a garota que eu havia conhecido recentemente. Usava um pouco de maquiagem, também — não muito, apenas o bastante para realçar a leveza de suas feições. Tinha um leve sorriso no rosto, como se guardasse um segredo em seu coração, como o papel exigia que ela fizesse.

Ela se parecia exatamente com um anjo.

Eu sei que meu queixo caiu, e fiquei ali, olhando para ela durante o que pareceu ser um longo tempo, chocado e em silêncio, até que, de repente, lembrei que a próxima fala na peça era minha. Respirei fundo e deixei que as palavras fluíssem lentamente.

— Você é linda — eu disse, finalmente, e acho que todos, desde as senhoras com cabelo azulado na frente até os meus amigos no fundo do auditório perceberam que eu estava sendo totalmente sincero.

Eu havia acertado a entonação daquela frase pela primeira vez.

Capítulo 9

Dizer que a peça foi um sucesso retumbante seria pouco. A plateia riu e chorou, mas isso era o que esperávamos que eles fizessem. Entretanto, a presença de Jamie tornou a apresentação ainda mais especial — e acho que o elenco todo ficou chocado com o resultado tão espetacular. Todos tinham uma expressão igual à minha no rosto quando a vi pela primeira vez, e aquilo fez com que a peça tivesse uma força muito maior quando os outros desempenhavam seus papéis. Terminamos a primeira apresentação sem nenhum problema, e, na noite seguinte, havia ainda mais pessoas na plateia, se é que isso era possível. Até mesmo Eric veio me cumprimentar depois da apresentação, o que, depois do que ele havia dito, era algo um pouco surpreendente.

— Vocês dois "mandaram" muito bem — ele disse. — Estou orgulhoso de você, cara.

Enquanto ele dizia isso, a Srta. Garber dizia: "Maravilhoso!" a qualquer pessoa que estivesse conversando com ela ou que simplesmente estivesse passando por ali, repetindo a palavra tantas vezes e com tanta intensidade que fiquei ouvindo aquilo até bem depois de ir para a cama naquela noite. Eu procurei Jamie depois que as cortinas fecharam pela última vez, e vi que estava em uma das laterais do palco, abraçada ao pai. Ele tinha lágrimas nos olhos — era a primeira vez que o vi chorar — e ele e Jamie se abraçaram por um longo tempo. Ele acariciava os cabelos da filha e sussurrava: "Meu anjo" para ela, que mantinha os olhos fechados. Cheguei até a sentir um nó na garganta naquele momento.

Percebi que "fazer a coisa certa" não era tão ruim assim.

Quando eles finalmente se separaram, Hegbert orgulhosamente a estimulou a ir até onde estava o resto do elenco, e ela recebeu vários parabéns e cumprimentos de todos que estavam nos bastidores. Sabia que havia se saído bem, embora insistisse em dizer às pessoas que não percebia a razão de todo aquele alvoroço. Tinha a alegria habitual, mas, linda do jeito que estava, a impressão que Jamie passava era totalmente diferente. Fiquei um pouco mais reservado, deixando-a aproveitar o momento, e admito que havia uma parte de mim que se sentia como o velho Hegbert. Eu não podia deixar de me sentir feliz por ela e um pouco orgulhoso também. Quando ela finalmente me viu do outro lado do palco, pediu licença aos outros e veio até mim, parando quando estava bem perto.

Olhando nos meus olhos, ela sorriu.

— Obrigada, Landon, por tudo o que você fez. Você deixou meu pai muito feliz.

— Foi um prazer — eu respondi, sincero.

Quando ela disse aquilo, foi estranho perceber que seria Hegbert que a levaria para casa em seu carro. Naquela noite, eu gostaria de ter tido a oportunidade de acompanhá-la até em casa.

A segunda-feira seguinte era a nossa última semana de aulas antes do recesso de natal, e as provas finais de todas as matérias já estavam agendadas. Além disso, eu tinha de terminar a minha inscrição na UCN, que estava adiando por causa de todos os ensaios. Planejava enterrar a cara nos livros durante toda aquela semana e completar a inscrição à noite, antes de dormir. Mesmo assim, não conseguia evitar pensar em Jamie.

A transformação de Jamie durante a peça havia sido surpreendente, para dizer o mínimo, e presumi que aquilo poderia ter desencadeado uma mudança nela. Eu não sei por que pensei aquilo, mas foi assim que aconteceu, e, dessa forma, fiquei espantado quando ela apareceu na primeira manhã de aulas após as apresentações com a aparência de sempre: blusão marrom, cabelo preso em um coque, saia xadrez e todo o resto.

Só foi preciso um momento para observá-la, e não pude deixar de sentir pena. Ela havia sido considerada uma pessoa normal — até mesmo especial — durante o fim de semana, ou pelo menos era o que parecia ter acontecido. Mas, de alguma forma, deixou aquilo tudo escapar. Sim, as pessoas eram um pouco mais gentis com ela, e aqueles que não costumavam conversar com ela também a cumprimentavam pelo bom desempenho no teatro. Mas percebi imediatamente que nada daquilo duraria. Atitudes forjadas desde a infância são difíceis de mudar, e uma parte de mim perguntava se as coisas poderiam piorar para ela depois daquele fim de semana. Agora que as pessoas sabiam que ela podia ter uma aparência normal, poderiam se tornar ainda mais cruéis.

Eu realmente queria conversar com ela sobre as minhas impressões, mas queria fazer isso depois que aquela semana acabasse. Além de ter muito a fazer, eu também queria ter tempo para pensar na melhor maneira de dizer a ela. Para ser honesto, eu ainda estava me sentindo um pouco culpado pelas coisas que havia dito a ela na última vez que a acompanhei até sua casa, e não era somente pelo sucesso que a peça havia feito. Era mais pelo fato de Jamie sempre ter sido gentil comigo em todo o tempo em que estivemos em contato, e eu sabia que tinha errado com ela.

Para ser sincero, eu achava que ela também não queria conversar comigo. Sabia que ela me via com meus amigos na hora do almoço enquanto se sentava em um canto, lendo a sua *Bíblia*, mas ela nunca veio até onde nós estávamos. Mesmo assim, quando eu estava saindo da escola naquele dia, ouvi sua voz atrás de mim, perguntando se eu me importaria de acompanhá-la até em casa. Embora eu ainda não estivesse preparado para expor os meus pensamentos, concordei. Pelos velhos tempos.

Um minuto depois, Jamie foi direto ao ponto.

— Você se lembra das coisas que disse da última vez que me acompanhou até em casa?

Eu assenti, desejando que não tivesse tocado no assunto.

— Você prometeu que apagaria aquela impressão ruim — ela disse.

Por um momento fiquei confuso. Eu achei que a minha participação na peça já tinha sido suficiente. Jamie prosseguiu.

— Bem, eu tenho pensado no que você poderia fazer — ela continuou, sem me deixar interrompê-la — e acho que encontrei uma solução.

Ela perguntou se eu me importaria de recolher vidros de picles e latas de café que ela havia espalhado por lojas em vários pontos da cidade no começo do ano. Elas ficavam nos balcões, geralmente ao lado das caixas registradoras, para que as pessoas pudessem depositar alguns trocados. O dinheiro seria destinado aos órfãos. Jamie nunca pedia diretamente às pessoas que doassem dinheiro. Queria que as doações fossem feitas voluntariamente. De acordo com ela, aquele era o modo cristão de fazer as coisas.

Eu lembrava de ver as latas e os vidros em lugares como o Cecil's Diner e no teatro Crown. Meus amigos e eu costumávamos colocar clipes de papel e bolinhas de chumbo amassados enquanto o caixa não estava olhando, já que eles faziam o som de uma moeda quando caíam no fundo da lata, e depois ríamos com a peça que estávamos pregando em Jamie. Gargalhávamos quando pensávamos que ela abriria uma das latas, esperando que houvesse algo de bom em razão do peso, e veria que o pote estava cheio de clipes de papel e bolinhas de chumbo. Às vezes, ao me lembrar das coisas que costumava fazer, chegava até a gemer, e foi exatamente isso que eu fiz.

Jamie viu o olhar no meu rosto.

— Você não precisa fazer isso se não quiser — ela disse, obviamente decepcionada. — Eu estava pensando que, como o Natal está chegando rápido e não tenho carro, eu demoraria muito para recolher todas as doações...

— Não — eu disse, interrompendo-a. — Pode deixar comigo. Não tenho muita coisa para fazer esta semana.

E foi assim que fiz, começando na quarta-feira, mesmo tendo de estudar para as provas e tendo de terminar de preencher o formulário de inscrição para a faculdade. Jamie havia me dado uma lista de todos os lugares onde havia deixado vidros ou latas para recolher doações, e peguei o carro da minha mãe, começando no dia seguinte pelo lado mais distante da cidade. Ela havia espalhado cerca de 60 latas, e eu imaginei que levaria apenas um dia para recolher todas. Comparado a espalhá-las, seria fácil. Jamie havia levado quase seis semanas para distribuir os potes porque, antes de tudo, ela precisou achar 60 vidros e latas vazios. Depois, como ela não tinha carro e não tinha como levar tantas latas consigo, só conseguia colocar duas ou três por dia. Quando comecei, me senti estranho por ser a pessoa que recolhia as latas e os vidros, já que aquele era o projeto de Jamie. Mas eu continuava a dizer a mim mesmo que Jamie havia me pedido para ajudar.

Eu passei de loja em loja, recolhendo os potes, e, no final do primeiro dia, percebi que demoraria um pouco mais do que havia pensado. Havia conseguido recolher mais ou menos 20 potes, porque tinha esquecido uma faceta simples da vida em Beaufort. Em uma cidade pequena como aquela, era impossível entrar na loja e recolher a lata de doações sem conversar com o proprietário ou cumprimentar alguém que talvez conhecesse ali. Simplesmente era assim que as coisas funcionavam. Então, eu tinha de sentar ali enquanto alguém me falava sobre o marlim que havia pescado no outono passado, ou me perguntava como estava indo a escola e mencionava que precisava de ajuda para descarregar algumas caixas no estoque, ou talvez quisesse a minha opinião sobre se deveria mover a estante das revistas para o outro lado da loja. Jamie, eu sabia, era boa naquilo, e tentei agir da maneira como ela gostaria que eu agisse. Era o projeto dela, afinal de contas.

Para andar mais rápido com as coisas, eu não parava para verificar o quanto havia em cada vidro entre as visitas. Simplesmente esvaziava um pote dentro de outro, combinando o conteúdo conforme ia passando pelas lojas. No final do primeiro dia, todos os trocados estavam guardados em dois potes, e eu os levei para o meu quarto. Vi algumas notas através do vidro — não havia muitas — mas não fiquei muito nervoso até esvaziar o conteúdo deles sobre o piso do quarto, e vi que a maioria das doações era de moedas de um centavo. Embora não houvesse tantos clipes de papel ou bolinhas de chumbo quanto eu imaginava, ainda fiquei desconsolado quando contei o dinheiro. Havia 20,32 dólares. Mesmo em 1958, aquilo não era muito dinheiro, especialmente para ser dividido entre 30 crianças.

Eu não perdi o ânimo, contudo. Pensando que talvez tivesse havido algum tipo de engano, saí no dia seguinte, ajudei a carregar algumas dúzias de caixas e conversei com outros 20 donos de lojas enquanto recolhia latas e potes. Resultado: 23,89 dólares.

O terceiro dia foi ainda pior. Depois de contar o dinheiro, nem eu conseguia acreditar naquilo. Havia somente 11,52 dólares, que vieram das latas que ficavam nas lojas e nos bares em frente à praia, que os turistas e adolescentes como eu costumavam frequentar. Éramos realmente fenomenais.

Ver o pouco que havia sido coletado — 55,63 dólares — fez com que eu me sentisse horrível, especialmente considerando que os potes haviam sido colocados nas lojas havia quase um ano, e que eu mesmo os vi milhares de vezes. Naquela noite deveria ligar para Jamie para informar o quanto havia nas latas, mas simplesmente não consegui reunir coragem para fazer aquilo. Ela havia me dito o quanto queria fazer algo especial neste ano, mas realmente não seria possível — até eu sabia disso. Em vez disso menti para ela e disse que eu não contaria o dinheiro até que nós dois pudéssemos fazer aquilo juntos, já que o projeto era dela e não meu. Era simplesmente deprimente. Eu prometi levar o dinheiro na tarde seguinte, depois que as aulas acabassem. O dia seguinte seria 21 de dezembro, o dia mais curto do ano. O Natal seria dali a quatro dias.

— Landon — ela disse, depois de contar o dinheiro — isto é um milagre!

— Quanto tem aí? — perguntei. Eu sabia exatamente o quanto havia.

— Tem quase 247 dólares aqui! — ela me olhava, absolutamente exultante. Como Hegbert estava em casa, permitiu que eu ficasse na sala de estar, e foi ali que Jamie contou o dinheiro. Estava tudo organizado em pilhas por todo o assoalho, quase tudo em moedas de 10 e de 25 centavos. Hegbert estava na mesa da cozinha, escrevendo o sermão, e mesmo ele se virou quando ouviu o som da voz dela.

— Você acha que é suficiente? — perguntei, inocentemente.

Algumas pequenas lágrimas estavam rolando pelo rosto de Jamie enquanto ela olhava ao redor da sala, ainda sem acreditar no que estava vendo. Ela olhou diretamente para mim.

— É... maravilhoso — ela disse, sorrindo. Havia mais emoção na sua voz do que eu jamais havia ouvido. — No ano passado eu só consegui 70 dólares.

— Fico feliz que as coisas tenham sido melhores este ano — eu disse, apesar do nó que havia na minha garganta. — Se você não tivesse colocado esses potes no começo do ano, talvez não tivesse conseguido recolher todo esse dinheiro.

Eu sabia que estava mentindo, mas não me importei. Naquela ocasião, era a coisa certa a fazer.

Eu não ajudei Jamie a escolher os brinquedos — afinal, era ela quem sabia o que as crianças iriam querer —, mas ela insistiu que eu fosse ao orfanato com ela na véspera de Natal para que eu pudesse estar presente quando as crianças abrissem os presentes.

— Por favor, Landon — ela disse, e, com toda aquela animação, não tive coragem de recusar.

Então, três dias depois, quando meus pais estavam em uma festa na casa do prefeito, eu coloquei um paletó de tecido xadrez e a minha melhor gravata, e fui até o carro da minha mãe com o presente de Jamie debaixo do braço. Eu havia gasto meus últimos dólares com um belo blusão, já que não consegui pensar em outro presente para ela. Ela não era exatamente o tipo de pessoa que gosta de um banho de loja.

Eu deveria estar no orfanato às 19 horas, mas a ponte levadiça perto do porto de Morehead City estava levantada para a passagem de um cargueiro, e tive de esperar até que o barco seguisse lentamente o seu caminho pelo canal. A porta da frente já estava trancada quando eu cheguei, e tive de socá-la até o Sr. Jenkins finalmente me ouvir. Ele dedilhou o molho de chaves até encontrar a correta, e um instante depois abriu a porta. Eu entrei, esfregando os braços para espantar o frio.

— Ah... você chegou — ele disse, alegre. — Estávamos esperando por você. Venha, vou levá-lo onde os outros estão.

Ele me conduziu pelo corredor até a sala de recreação, o mesmo lugar onde eu havia estado. Eu parei por um momento para respirar profundamente, antes de finalmente entrar.

Foi muito melhor do que eu havia imaginado.

No centro da sala eu vi uma árvore gigante, decorada com enfeites de lantejoulas, luzes coloridas e vários outros enfeites feitos a mão. Sob a árvore, espalhados em várias direções, havia presentes embrulhados, de todas as formas e tamanhos. Formavam uma pilha alta, e as crianças estavam sentadas no chão, em um grande semicírculo. Presumi que estivessem vestidos com suas melhores roupas — os meninos com calças azul-marinho e camisas brancas, e as meninas com saias e blusas azuis de mangas longas. Parecia que todos haviam tomado banho antes do grande evento, e a maioria dos meninos estava com o cabelo cortado.

Na mesa ao lado da porta havia uma tigela de ponche e pratos com biscoitos em forma de árvore de natal, polvilhados com açúcar esverdeado. Eu vi que havia alguns adultos sentados com as crianças; algumas das crianças menores estavam sentadas no colo dos adultos, escutando atentamente um conto de natal.

Eu não consegui enxergar Jamie, pelo menos não imediatamente. Foi a voz dela que reconheci primeiro. Era ela quem lia o conto, e eu finalmente a localizei. Ela estava sentada no chão, com as pernas cruzadas, em frente à árvore de natal.

Para minha surpresa, eu vi que, naquela noite, estava com o cabelo solto, como na noite da apresentação no teatro. Em vez do velho blusão marrom que eu havia visto tantas vezes, estava usando um suéter vermelho com gola em V que, de algum modo, acentuava o azul dos seus olhos. Mesmo sem o *glitter* no cabelo ou um longo e esvoaçante vestido branco, a visão dela era arrebatadora. Sem perceber, prendi a respiração e notei com o canto do olho que o Sr. Jenkins sorria para mim. Eu soltei a respiração e sorri, tentando recuperar o controle.

Jamie parou a história apenas uma vez, tirando os olhos do livro. Percebeu que eu estava em pé na porta, e depois voltou a ler para as crianças. Ela demorou mais um minuto ou dois para terminar, e, logo depois, levantou e alisou o tecido da saia, dando a volta ao redor das crianças para vir até onde eu estava. Sem saber para onde ela queria que eu fosse, fiquei parado ali.

O Sr. Jenkins já havia saído de perto quando ela chegou.

— Desculpe por termos começado sem você — ela disse quando finalmente chegou até onde eu estava — mas as crianças estavam tão animadas...

— Não tem problema — eu disse sorrindo, pensando que ela estava muito bonita.

— Estou tão feliz por você ter vindo.

— Eu também.

Jamie sorriu e segurou a minha mão, guiando-me para longe da porta.

— Venha comigo — ela disse. — Ajude-me a entregar os presentes.

Passamos a próxima hora fazendo isso e observando as crianças abrirem seus presentes, uma a uma. Jamie havia feito compras em várias lojas da cidade, pegando algumas coisas para cada criança no salão, presentes individuais que eles nunca haviam recebido antes. Os presentes que Jamie comprou não foram os únicos que as crianças receberam, pois o orfanato e os funcionários que trabalhavam lá haviam comprado algumas coisas também. Conforme os pedaços de papel de presente eram jogados pela sala em uma alegria contagiante, havia gritos de felicidade por toda parte. Para mim, pelo menos, parecia que todas as crianças haviam recebido bem mais do que esperavam, e não paravam de agradecer a Jamie.

Quando a poeira finalmente baixou e todos os presentes das crianças estavam abertos, a atmosfera começou a acalmar. O Sr. Jenkins e uma senhora que eu não conhecia se encarregaram de limpar a bagunça, e algumas crianças menores estavam começando a cair no sono, deitadas embaixo da árvore. Alguns dos mais velhos já tinham voltado para o quarto com seus presentes, e eles diminuíram as luzes da sala ao saírem. As luzes da árvore de natal lançavam um brilho etéreo enquanto um gramofone no canto da sala tocava "Noite Feliz". Eu ainda estava sentado no chão ao lado de Jamie, que embalava uma menina pequena que havia adormecido em seu colo. Por causa de todos os festejos, realmente não tivemos tempo de conversar. Não que nos importássemos com aquilo. Estávamos os dois olhando para as luzes na árvore, e eu fiquei imaginando o que Jamie estaria pensando. Para falar a verdade, eu não sabia, mas ela estava com um olhar suave e satisfeito nos olhos. Eu pensei — não, eu sabia — que ela estava feliz com a maneira como as coisas haviam acontecido naquela noite, e, no fundo, eu também estava. Até aquele momento, era a melhor noite de Natal de toda a minha vida.

Eu olhei para ela. Com o brilho das luzes no rosto, ela parecia ser tão bonita quanto qualquer pessoa que eu já tivesse visto.

— Comprei um presente — disse, finalmente. Falei baixo para não acordar a garotinha, esperando que isso ocultasse o nervosismo na minha voz.

Ela desviou os olhos da árvore para me observar, com um leve sorriso.

— Você não precisava fazer isso. — Ela falava baixo também, e sua voz tinha um toque quase musical.

— Eu sei — falei para ela —, mas eu queria. — Eu havia deixado o presente ao meu lado, e, com um movimento do braço, peguei o embrulho e o entreguei a ela.

— Você poderia abri-lo para mim? Estou com as mãos ocupadas — ela disse, olhando para a garotinha que dormia em seu colo e depois para mim.

— Você não precisa abrir agora, se não quiser — eu disse, dando de ombros. — Não é nada de mais.

— Não seja bobo — ela disse. — Eu só abriria na sua frente.

Para esvaziar a cabeça, olhei para o presente e comecei a abri-lo, removendo a fita adesiva de modo que não fizesse muito barulho, e depois tirando o papel de embrulho até chegar à caixa. Depois de colocar o papel ao meu lado, levantei a tampa da caixa e puxei o blusão, segurando-o para que ela o visse. Era marrom, como os que ela geralmente usava. Mas imaginei que talvez ela gostasse de ganhar um novo.

Comparado com a alegria que eu havia presenciado antes, eu não esperava uma reação muito empolgada.

— Viu, é só isso. Eu disse que não era nada de mais — eu disse, esperando que ela não ficasse decepcionada.

— É lindo, Landon — ela disse, com sinceridade. — Eu vou usá-lo da próxima vez que nos encontrarmos. Obrigada.

Ficamos sentados em silêncio por um momento, e novamente eu comecei a olhar para as luzes.

— Eu trouxe uma coisa pra você também — ela finalmente sussurrou. Ela olhou para a árvore, e os meus olhos foram para o mesmo lugar. O presente dela ainda estava debaixo da árvore de natal, parcialmente oculto pelo suporte, e eu estiquei o braço para pegá-lo. Era retangular, flexível e um pouco pesado. Eu o trouxe até o colo e o segurei ali, sem tentar abri-lo.

— Abra — ela disse, olhando bem nos meus olhos.

— Você não pode dar isso para mim — eu disse, sem fôlego. Eu já sabia o que havia dentro do pacote, e não conseguia acreditar no que ela havia feito. As minhas mãos começaram a tremer.

— Por favor — ela disse, com a voz mais gentil que eu já havia ouvido. — Eu quero que você fique com ela.

Relutando, abri o pacote lentamente. Depois de tirar todo o papel, segurei-a com delicadeza, temendo danificá-la. Olhei para ela, transfixado, e passei a mão por cima, deslizando os dedos sobre o couro desgastado pelos anos enquanto meus olhos enchiam de lágrimas. Jamie colocou a mão por cima da minha. Era quente e macia.

Olhei para ela, sem saber o que dizer.

Jamie havia me dado a sua *Bíblia*.

— Obrigada por fazer o que fez — ela sussurrou. — Foi o melhor Natal que eu já tive.

Desviei os olhos sem responder, procurando pelo meu copo de ponche que estava ao meu lado, no chão. O refrão de "Noite Feliz" ainda estava tocando, e a música encheu a sala. Tomei um gole do ponche, tentando abrandar a secura repentina na garganta. Enquanto bebia, todos os momentos que eu havia passado com Jamie inundaram a minha mente. Pensei sobre o baile da escola e o que ela havia feito por mim naquela noite. Pensei na peça que apresentamos e na aparência angelical de Jamie na ocasião. Pensei nas vezes em que a acompanhei até a sua casa e como a ajudei a recolher as latas e os potes cheios de moedas de um centavo para os órfãos.

Conforme essas imagens passavam pela minha mente, a minha respiração repentinamente parou. Olhei para Jamie, depois para o teto, e depois ao redor do salão, lutando para manter a compostura, e depois para Jamie novamente. Sorrimos um para o outro. E tudo que eu fiz foi imaginar como poderia ter me apaixonado por uma garota como Jamie Sullivan.

Capítulo 10

Levei Jamie para casa depois do Natal no orfanato. No início, não sabia se deveria usar o velho truque do bocejo e colocar meu braço ao redor dos ombros dela, mas, para ser honesto, eu não sabia exatamente como ela se sentia a meu respeito. Com certeza, ela me deu o presente mais maravilhoso que já havia recebido, e, mesmo que eu nunca a abrisse e lesse como ela fazia, sabia que era como dar um pedaço de si mesma para alguém. Mas Jamie era o tipo de pessoa que doaria um rim para um estranho que ela conhecesse na rua, se realmente precisasse. Assim, não sabia exatamente o que pensar.

Jamie havia me dito uma vez que não era boba, e acho que finalmente havia chegado à conclusão de que realmente não era. Ela poderia ser... bem, diferente... mas descobriu o que eu havia feito pelos órfãos, e, pensando bem, acho que ela já sabia de tudo quando estávamos sentados no chão da sua sala de estar. Quando ela disse que era um milagre, eu acho que ela estava falando especificamente sobre mim.

Hegbert, eu lembrei, entrou na sala enquanto Jamie e eu estávamos falando sobre aquilo, mas ele realmente não tinha muito a dizer. O velho Hegbert não era o mesmo ultimamente, pelo menos até onde eu pude perceber. Ah, seus sermões ainda versavam sobre o dinheiro, e ainda falava sobre os fornicadores, mas ultimamente os cultos da igreja eram mais curtos do que antigamente, e, ocasionalmente, fazia uma pausa bem no meio de um deles. Nessas ocasiões, um olhar estranho tomava conta dele, como se estivesse pensando em alguma outra coisa. Alguma coisa triste.

Eu não sabia o que pensar a respeito, já que realmente não o conhecia tão bem. E, quando Jamie falava sobre ele, parecia estar descrevendo uma pessoa completamente diferente. Não conseguia imaginar que Hegbert tivesse senso de humor, assim como não conseguia imaginar a possibilidade de haver duas luas no céu.

De qualquer maneira, ele entrou na sala enquanto estávamos contando o dinheiro, e Jamie se levantou com lágrimas nos olhos. Hegbert nem pareceu notar que eu estava lá. Ele disse a ela que estava orgulhoso e que a amava, mas logo depois voltou à mesa da cozinha para continuar trabalhando no seu sermão. Ele nem chegou a dizer olá. Eu sei que eu não era exatamente o garoto mais espiritualizado da congregação, mas ainda achava que ele estava agindo de um jeito meio esquisito.

Enquanto pensava em Hegbert, olhei para Jamie, que estava sentada ao meu lado. Ela olhava pela janela com uma expressão tranquila no rosto, quase um sorriso, mas distante ao mesmo tempo. Eu sorri. Talvez ela estivesse pensando em mim. A minha mão começou a se mover por sobre o assento até perto da mão dela, mas Jamie quebrou o silêncio.

— Landon — ela finalmente perguntou, virando-se para mim, —, você pensa em Deus?

Eu puxei minha mão de volta para perto do meu próprio corpo.

Quando pensava em Deus, eu geralmente o visualizava como naquelas pinturas antigas que havia visto em igrejas — um gigante pairando sobre a paisagem, usando uma túnica branca, com uma cabeleira longa e esvoaçante, apontando o dedo para alguém ou algum lugar, ou alguma coisa do tipo — mas eu sabia que ela não estava falando disso. Estava falando sobre os planos de Deus. Levei um instante para responder.

— Claro — eu disse. — Às vezes, eu acho.

— Você se pergunta por que as coisas têm de ser do jeito que são?

Eu fiz que sim com a cabeça, sem ter muita certeza de, com aquela conversa, aonde queria chegar.

— Tenho pensado muito sobre isso.

Mais do que o habitual? Eu queria perguntar, mas não o fiz. Percebi que ela tinha mais coisas a dizer e fiquei em silêncio.

— Eu sei que o Senhor tem planos para todos nós, mas, às vezes, não consigo entender qual é a mensagem. Isso acontece com você?

Ela dizia isso como se fosse algo em que eu pensava o tempo inteiro.

— Bom — eu disse, tentando blefar —, não acho que tenhamos de entender o que acontece o tempo todo. Eu acho que, às vezes, é preciso simplesmente ter fé.

Era uma boa resposta, reconheço. Acho que meus sentimentos em relação a Jamie estavam fazendo meu cérebro funcionar um pouco melhor do que geralmente acontecia. E pude ver que ela estava pensando sobre a minha resposta.

— Sim — ela disse, finalmente. — Você tem razão.

Eu sorri para mim mesmo e mudei de assunto. Falar sobre Deus não é uma coisa que faz com que as pessoas se sintam românticas.

— Sabe — eu disse, casualmente —, foi muito bom ficar sentado com você perto da árvore de natal esta noite.

— Foi sim — ela disse. Ela ainda estava com a cabeça em outro lugar.

— E você estava linda, também.

— Obrigada.

Não estava funcionando muito bem.

— Posso fazer uma pergunta? — eu disse, finalmente, na esperança de trazê-la de volta para mim.

— Claro — ela disse.

Respirei fundo.

— Depois do culto amanhã, e, bem... depois que você passar um tempo com o seu pai... quer dizer... — eu parei e olhei para ela. — Você gostaria de vir à minha casa para o jantar de natal?

Embora ela ainda estivesse olhando pela janela, consegui ver os contornos suaves de um sorriso assim que terminei de falar.

— Sim, Landon, eu gostaria muito.

Suspirei aliviado, sem acreditar que havia conseguido convidá-la e ainda imaginando como tudo aquilo havia acontecido. Dirigi pelas ruas onde as janelas das casas estavam decoradas com as luzes de natal, passei pela praça central de Beaufort. Alguns minutos depois, quando movi a mão novamente, finalmente consegui segurar a mão dela, e, para completar a noite perfeita, ela não tentou se esquivar.

Quando estacionei em frente à casa dela, as luzes na sala de estar ainda estavam acesas e vi a silhueta de Hegbert por trás das cortinas. Eu imagino que ele estava esperando acordado porque queria saber como tinham sido as coisas no orfanato. Era isso, ou ele queria se certificar de que eu não beijaria sua filha na soleira da porta. Sabia que ele não gostaria.

Eu estava pensando naquilo — o que fazer quando finalmente nos despedíssemos — quando saímos do carro e começamos a caminhar em direção à porta. Jamie estava tranquila e alegre ao mesmo tempo, e acho que estava feliz por eu tê-la convidado a ir até a minha casa no dia seguinte. Esperta o bastante para descobrir o que eu havia feito pelos órfãos, imaginei que talvez tivesse sido esperta o bastante para descobrir o que havia por trás do ocorrido no baile da escola. Em sua mente, imagino, percebeu que esta era a primeira vez que eu a convidava, por vontade própria, para fazer algo comigo.

Quando chegamos aos degraus da varanda, vi que Hegbert espiou por trás da cortina por um momento. Com alguns pais e mães, como a mãe de Ângela, por exemplo, isso significava que sabiam que você havia chegado em casa e que tinha mais um minuto ou dois antes que eles abrissem a porta. Geralmente, era o tempo necessário para que os dois olhassem nos olhos um do outro enquanto reuniam coragem para um beijo. Era o tempo necessário.

Eu não sabia se Jamie me beijaria; na verdade, eu realmente duvidava de que isso fosse acontecer. Mas, linda como estava, com o cabelo solto sobre os ombros e com tudo o que havia acontecido naquela noite, não queria perder a oportunidade se ela surgisse. Pude sentir as borboletas começando a se formar no meu estômago quando Hegbert abriu a porta.

— Ouvi o barulho do carro — ele disse, tranquilamente. A pele dele estava com aquele tom amarelado, como de costume, mas ele parecia cansado.

— Olá, reverendo Sullivan — eu disse, decepcionado.

— Oi, papai — disse Jamie, alegremente, um segundo depois. — Queria que você pudesse ter ido ao orfanato esta noite. Foi maravilhoso.

— Fico muito feliz por vocês. — Ele pareceu se recompor e limpou a garganta. — Podem se despedir. Vou deixar a porta aberta.

Ele se virou e voltou para dentro da sala. Sabia que ele ainda conseguia nos ver de onde estava sentado. Ele fingiu estar lendo, mas não pude ver o que tinha nas mãos.

— A noite foi ótima, Landon — disse Jamie.

— Também achei — respondi, sentindo os olhos de Hegbert em mim. Fiquei imaginando se ele sabia que eu estava segurando a mão dela durante a volta para casa.

— A que horas devo estar na sua casa amanhã? — ela perguntou.

As sobrancelhas de Hegbert ergueram um pouco.

— Eu passo aqui para te pegar. Pode ser às 17 horas?

Ela olhou por cima dos ombros.

— Papai, você se importa se eu for visitar Landon e os pais dele amanhã?

Hegbert levou as mãos aos olhos e começou a esfregá-los. Ele suspirou.

— Se for importante para você, tudo bem — ele disse.

Não era o voto de confiança mais empolgado da história, mas era bom o bastante para mim.

— O que eu devo levar? — ela perguntou. No sul dos Estados Unidos, fazer aquela pergunta era tradição.

— Você não precisa trazer nada — respondi. — Eu passo aqui às 16h45.

Ficamos ali por um momento sem dizer nada, e percebi que Hegbert estava ficando um pouco impaciente. Não havia virado sequer uma página do livro desde que falou conosco.

— Até amanhã então — ela disse, finalmente.

— Até — eu disse.

Olhou para os pés por um momento, e depois novamente para mim.

— Obrigada por me trazer até em casa — ela disse.

Com aquelas palavras, se virou e entrou. Mal pude ver o leve sorriso que ela tinha nos lábios enquanto espiava pela porta, antes de fechá-la.

No dia seguinte eu estava na casa dela no horário combinado, e fiquei contente em ver que estava com o cabelo solto novamente. Ela usava o blusão que eu havia lhe dado de presente, como tinha prometido.

Tanto minha mãe quanto meu pai ficaram um pouco surpresos quando eu perguntei se poderia convidar Jamie para o jantar. Não seria nada de mais — sempre que meu pai estava em casa, a minha mãe fazia com que Helen, nossa cozinheira, fizesse comida suficiente para alimentar um pequeno batalhão.

Acho que eu não havia comentado sobre a cozinheira antes. Na nossa casa havia uma arrumadeira e uma cozinheira — não somente porque a minha família tinha condições de ter empregados, mas também porque a minha mãe não era a melhor dona de casa do mundo. Ela não tinha problemas em fazer sanduíches para o almoço de vez em quando, mas houve ocasiões em que as unhas dela ficaram sujas de mostarda, e ela demorou três ou quatro dias para se recuperar do baque. Sem Helen, eu teria crescido comendo purê de batatas queimado e bifes esturricados. Meu pai, felizmente, havia percebido isso logo que se casaram, e tanto a cozinheira quanto a arrumadeira trabalhavam para a minha família desde antes do meu nascimento.

Embora a nossa casa fosse maior que a maioria das outras, não era um palácio ou nada do tipo, e nem a arrumadeira nem a cozinheira moravam com a gente, porque não tínhamos quartos separados para elas. Meu pai havia comprado a casa por causa do seu valor histórico. Embora não fosse a casa onde o pirata Barba Negra havia morado, o que seria bem mais interessante para alguém como eu, ela havia sido a residência de Richard Dobbs Spaight, que foi um dos signatários da Constituição. Spaight também havia sido dono de uma fazenda em New Bern, que ficava a uns 60 quilômetros de distância, e é lá que o seu corpo foi enterrado. Nossa casa pode não ter sido tão famosa quanto a propriedade onde Dobbs Spaight estava enterrado, mas ela ainda permitia que meu pai se vangloriasse nos salões do Congresso. E sempre que ele caminhava pelo jardim, eu podia vê-lo sonhando com o legado que pretendia deixar. De certo modo aquilo me entristecia, pois, não importa o que ele fizesse, nunca conseguiria superar o velho Richard Dobbs Spaight. Eventos históricos como assinar a Constituição só aconteciam uma vez em séculos. Não importa como você encara a situação — debater subsídios agrícolas para os plantadores de tabaco ou falar sobre a "influência vermelha" não o levaria à fama. Até mesmo alguém como eu tinha noção disso.

A casa estava no Registro Histórico Nacional — acho que ainda está —, e, embora Jamie já a conhecesse, ela ainda ficou admirada ao entrar lá novamente. Meus pais estavam vestidos de maneira elegante, assim como eu, e a minha mãe cumprimentou Jamie com um beijo no rosto. Não consegui evitar o pensamento enquanto a observava, mas a minha mãe havia conseguido beijá-la antes de mim.

Tivemos um belo jantar, razoavelmente formal, com quatro pratos, embora não fosse esnobe nem nada do tipo. Meus pais e Jamie tiveram uma conversa das mais maravilhosas — pense na Srta. Garber — e, embora eu tentasse colocar um pouco de humor na conversa, a coisa não funcionou muito bem, pelo menos em relação aos meus pais. Jamie, por outro lado, ria, e para mim aquilo era um bom sinal.

Após o jantar, convidei Jamie para passear pelo jardim, embora estivéssemos no inverno e não houvesse flores. Depois de vestirmos o casaco, saímos e respiramos o ar frio. Dava para ver o vapor da nossa respiração enquanto falávamos.

— Seus pais são pessoas maravilhosas — ela me disse. Acho que ela não havia levado os sermões de Hegbert muito a sério.

— São boas pessoas — respondi — a seu próprio modo. A minha mãe é especialmente amável. — Disse aquilo não apenas por ser verdade, mas também por ser a mesma coisa que as crianças diziam sobre Jamie. Eu esperava que ela entendesse a minha sutileza.

Ela parou para olhar as roseiras. Pareciam varetas retorcidas, e eu não entendi por que Jamie havia se interessado nelas.

— É verdade o que as pessoas falam sobre o seu avô? — ela perguntou. — As histórias que contam sobre ele?

Acho que ela não entendeu a minha sutileza.

— Sim — eu disse, tentando não demonstrar a minha decepção.

— É triste — ela disse, lacônica. — Há mais coisas na vida além do dinheiro.

— Eu sei.

Ela olhou para mim.

— Sabe?

Eu não a olhei nos olhos quando respondi. Não me pergunte por quê.

— Eu sei que o que o meu avô fazia era errado.

— Mas você não pensa em devolver o que ele tirou das pessoas, não é?

— Eu nunca pensei muito sobre isso, para falar a verdade.

— Mas você o faria?

Eu não respondi imediatamente, e Jamie desviou o olhar. Ela estava novamente observando as roseiras com seus ramos retorcidos, e percebi que ela queria que eu dissesse que sim. Era o que ela teria feito sem pensar duas vezes.

— Por que você faz essas coisas? — eu disse, antes que pudesse me conter, sentindo o sangue subir até o rosto. — Fazer com que eu me sinta culpado desse jeito. Não fui eu que fiz isso. Eu simplesmente nasci nesta família.

Ela esticou o braço e tocou um dos ramos.

— Isso não quer dizer que você não possa desfazer o que aconteceu — ela disse, gentil —, quando tiver oportunidade.

A opinião dela era clara, até mesmo para mim, e no fundo sabia que ela tinha razão. Mas aquela decisão, se é que um dia chegaria, estava muito distante. No meu modo de pensar, eu tinha coisas mais importantes em que me concentrar. Mudei de assunto, voltando a algo que era mais importante para mim.

— Seu pai gosta de mim? — perguntei. Eu queria saber se Hegbert permitiria que eu a visse novamente.

Ela demorou um momento para responder.

— Meu pai — ela disse, lentamente — se preocupa comigo.

— Todos os pais não são assim? — perguntei.

Ela olhou para os pés, e depois para um dos lados antes de me encarar novamente.

— Eu acho que, no caso dele, é diferente da maioria dos pais. Mas meu pai gosta de você, e sabe que fico feliz quando estou com você. É por isso que me deixou vir jantar na sua casa hoje.

— Fico feliz que ele tenha deixado.

— Eu também.

Olhamos um para o outro sob a luz da lua crescente, e quase a beijei ali mesmo, mas ela se virou um instante antes que eu me aproximasse, dizendo uma coisa que me deixou desnorteado.

— Meu pai também se preocupa com você, Landon.

O modo como ela dizia aquilo — suave e triste ao mesmo tempo — fez com que eu entendesse que não era simplesmente porque ele achava que eu era um irresponsável, ou que eu costumava me esconder atrás das árvores para xingá-lo, ou mesmo por eu ser um membro da família Carter.

— Por quê? — eu perguntei.

— Pela mesma razão que me preocupo — ela disse. Não elaborou o pensamento, e soube ali mesmo que ela estava escondendo alguma coisa, algo que não podia me contar, algo que a deixava triste, também. Mas ainda levou algum tempo para que eu descobrisse o segredo dela.

Estar apaixonado por Jamie Sullivan era, sem dúvida, a coisa mais estranha que acontecera em minha vida. Além de ela ser uma garota em quem eu nunca havia pensado antes desse ano — embora tivéssemos crescido juntos — havia algo diferente na maneira pela qual meus sentimentos por ela haviam se transformado. Não era como estar com Ângela, que eu beijei na primeira vez em que estávamos a sós. Eu ainda não havia beijado Jamie. Não tínhamos nem mesmo nos abraçado, ou ido ao Cecil's Diner, nem mesmo assistido a um filme. Eu não havia feito nenhuma das coisas que normalmente fazia com as garotas, e mesmo assim estava apaixonado.

O problema era que ainda não sabia o que ela sentia por mim.

Claro, havia alguns sinais, e não deixei de percebê-los. A *Bíblia*, é claro, era o maior de todos, mas também havia o jeito como ela me olhou ao fechar a porta na noite de natal, e ela me deixou segurar sua mão enquanto a levava do orfanato para casa. No meu pensamento, definitivamente havia algo ali — eu simplesmente não tinha certeza de como dar o próximo passo.

Quando finalmente a levei para casa após o jantar de natal com a minha família, perguntei se ela gostaria que eu passasse por lá de vez em quando, e ela disse que tudo bem. Foi exatamente assim que ela falou: "tudo bem". Não levei a falta de entusiasmo para o lado pessoal — Jamie tinha o hábito de falar como adulto, e acho que era por isso que se dava tão bem com as pessoas mais velhas.

No dia seguinte fui até a casa dela, e a primeira coisa que notei foi que o carro de Hegbert não estava na garagem. Quando ela atendeu a porta, eu sabia que não devia perguntar se podia entrar.

— Olá, Landon — ela disse da maneira habitual, como se estivesse surpresa em me ver. Estava de novo com os cabelos soltos, e achei que isso era um sinal positivo.

— Oi, Jamie — disse, casualmente.

Ela apontou para as cadeiras.

— Meu pai não está em casa, mas podemos sentar na varanda se você quiser...

Não me pergunte como tudo aconteceu, porque até hoje eu não sei explicar. Em dado momento eu estava na frente dela, esperando para irmos até o canto da varanda. No momento seguinte, não estava. Em vez de ir até as cadeiras, eu dei um passo em direção a Jamie e movi a mão para tocar a dela. Peguei-a e a olhei direto nos olhos, aproximando-me um pouco mais. Ela não chegou a dar um passo para trás, mas seus olhos abriram um pouco, e, por um curto instante, achei que tinha feito a coisa errada, imaginando se deveria continuar. Parei e sorri, virando a cabeça um pouco para o lado, e, logo depois, vi que ela havia fechado os olhos e estava inclinando a cabeça também, e que o nosso rosto estava se aproximando cada vez mais.

Não foi algo muito longo, e também não foi o tipo de beijo que vemos nos cinemas hoje em dia, mas foi maravilhoso à sua própria maneira. E tudo de que eu me lembro foi que, naquele momento, quando nossos lábios se tocaram pela primeira vez, eu sabia que a lembrança duraria para sempre.

Capítulo 11

— Você foi o primeiro garoto que eu beijei — disse-me.

Faltavam alguns dias para o Ano Novo, e Jamie e eu estávamos no Iron Steamer Pier, em Pine Knoll Shores. Para chegar lá, tivemos de atravessar a ponte que cruza a hidrovia intralitorânea antes de chegar à ilha. Atualmente, aquele lugar tem alguns dos imóveis com frente para o mar mais caros de todo o Estado, mas, naquela época, quase tudo o que havia ali eram dunas de areia ao lado da Floresta Marítima Nacional.

— Eu imaginei — disse.

— Por quê? — ela perguntou, inocentemente. — Fiz algo errado? — Ela não pareceu que se irritaria se eu dissesse que sim, mas não seria a verdade.

— Você beija muito bem — eu disse, apertando a sua mão.

Ela fez que sim com a cabeça e virou para o oceano, com aquele olhar distante novamente. Vinha fazendo aquilo com bastante frequência ultimamente. Deixei aquilo continuar por um tempo antes que o silêncio tomasse conta de mim.

— Você está bem, Jamie? — finalmente perguntei.

Em vez de responder, mudou de assunto.

— Você já se apaixonou por alguém? — perguntou.

Passei a mão no cabelo e olhei para ela.

— Antes de estarmos juntos?

Eu disse como James Dean teria dito, do jeito que Eric havia me instruído a dizer caso uma garota fizesse aquela pergunta. Eric era um gênio em lidar com mulheres.

— Estou falando sério, Landon — ela disse, olhando-me de lado.

Acho que Jamie também havia visto aqueles filmes. Com Jamie, percebi que sempre ficava entre altos e baixos, sempre de uma situação para o outra. Eu não tinha certeza se gostava daquela parte do nosso relacionamento, embora, para ser honesto, tudo aquilo contribuísse para que eu ficasse sempre alerta. Eu ainda me sentia um pouco desconcertado enquanto pensava na pergunta dela.

— Para falar a verdade, já — disse, depois de algum tempo.

Os olhos dela estavam fixos no oceano. Achei que Jamie pensasse que eu estava falando sobre Ângela, mas eu havia percebido que meus sentimentos em relação a Ângela eram totalmente diferentes dos que estava sentindo agora.

— Como sabia que era amor? — ela perguntou.

Observei a brisa mover gentilmente o seu cabelo, e sabia que não era hora de fingir ser alguém que eu realmente não era.

— Bem — eu disse, sério — você sabe que é amor quando tudo que quer fazer é ficar junto da outra pessoa, e tem a impressão de que é o que a outra pessoa quer também.

Jamie pensou na minha resposta antes de sorrir suavemente.

— Entendo — ela disse, docemente. Esperava que ela fosse acrescentar alguma coisa, mas isso não aconteceu, e repentinamente me dei conta de outra coisa.

Jamie podia não ter muita experiência com garotos, mas, para ser honesto, estava fazendo com que eu dançasse conforme a música que ela tocava.

Durante os dois dias seguintes voltou a usar o cabelo no coque habitual.

No Ano Novo levei Jamie para jantar. Era o seu primeiro encontro romântico, e fomos a um restaurante de frente para o mar em Morehead City, um lugar chamado Flauvin's. Era o tipo de restaurante com toalhas de tecido e velas, e cinco tipos diferentes de talheres para cada pessoa. Os garçons se vestiam como mordomos, com *smokings*, e era possível enxergar o luar refletido nas ondas suaves do mar ao olhar pelas janelas gigantes, que tomavam toda a parede.

Havia um pianista e uma cantora também — não todos os dias da semana, nem mesmo em todos os fins de semana. Apenas nos feriados em que o lugar poderia ficar cheio. Eu tive de fazer reservas, e na primeira vez que liguei disseram que não tinham mais vagas para o Ano Novo. Pedi que minha mãe ligasse para o restaurante e, em um passe de mágica, havia uma mesa disponível. Talvez o proprietário precisasse de um favor do meu pai ou algo do tipo, ou talvez simplesmente não quisesse deixá-lo zangado, sabendo que o meu avô ainda estava vivo e bem.

Na verdade, a ideia de levar Jamie para um lugar especial foi da minha mãe. Antes, em um daqueles dias em que Jamie havia prendido o cabelo em coque, eu falei com a minha mãe sobre a situação que estava passando.

— Penso nela o tempo inteiro, mãe — confessei. — Sei que ela gosta de mim, mas não sei se sente as mesmas coisas que eu sinto.

— Ela significa tudo isso para você?

— Sim —, disse, em voz baixa.

— Bem, o que você fez até agora?

— Como assim?

Minha mãe sorriu.

— As garotas da idade dela, até mesmo Jamie, gostam de se sentir especiais.

Pensei naquilo por alguns instantes, um pouco confuso. Não era o que estava tentando fazer?

— Bem, vou até a casa dela para vê-la todos os dias — disse.

Minha mãe pousou a mão no meu joelho. Embora não fosse uma excelente dona de casa e, às vezes, gostasse de me deixar sem jeito na frente dos outros, como disse antes, era uma mulher muito amável.

— Ir à casa dela é ótimo, mas não é a coisa mais romântica do mundo. Você deveria fazer algo que realmente demonstrasse quais são os seus sentimentos por ela.

Minha mãe sugeriu que comprasse um vidro de perfume, e, embora eu soubesse que Jamie provavelmente ficaria feliz em receber um presente assim, não me parecia a coisa certa a fazer. Como Hegbert não permitia que ela usasse maquiagem — exceto no dia da apresentação da peça de natal —, tinha certeza de que ela também não poderia usar perfume. Disse aquilo para a minha mãe, e ela então sugeriu que levasse Jamie para jantar.

— Não tenho mais dinheiro — disse, desapontado. Embora a minha família fosse rica e me desse mesada, nunca me davam mais do que aquilo, mesmo se eu gastasse tudo de uma vez. "Para você aprender a ter responsabilidade", dizia meu pai.

— O que aconteceu com o seu dinheiro no banco?

Suspirei, e a minha mãe ficou em silêncio enquanto eu explicava o que havia feito. Quando terminei, estava com um olhar tranquilo de satisfação, como se também percebesse que eu estava finalmente crescendo.

— Deixe isso comigo — ela disse. — Você se encarrega de descobrir se ela gostaria de ir com você e se o reverendo Sullivan vai permitir. Se ela puder, daremos um jeito de fazer isso acontecer. Prometo.

No dia seguinte fui à igreja. Sabia que Hegbert estaria em seu escritório. Não havia pedido a Jamie porque imaginava que ela precisaria da permissão do pai, e, por alguma razão, queria ser a pessoa a fazer o pedido. Acho que tinha a ver com o fato de que Hegbert não me recebia de braços abertos quando visitava a casa deles. Sempre que me via caminhando em direção à escada da varanda — como Jamie, ele tinha um sexto sentido em relação a mim —, espiava por uma brecha nas cortinas, e depois rapidamente movia a cabeça, pensando que eu não o havia visto. Quando eu batia, demorava muito para atender a porta, como se estivesse vindo da cozinha. Ele me observava por um tempo, e depois dava um longo suspiro, balançando a cabeça antes de finalmente dizer olá.

A porta do escritório estava parcialmente aberta, e eu o vi sentado em sua escrivaninha, com os óculos sobre o nariz. Estava estudando alguns papéis — pareciam ser extratos financeiros — e imaginei que estava tentando calcular o orçamento da igreja para o ano seguinte. Até mesmo pastores têm contas para pagar.

Bati na porta, e ele olhou na minha direção com interesse, como se estivesse esperando outro membro da congregação. Mas franziu as sobrancelhas quando percebeu que era eu.

— Olá, reverendo Sullivan — eu disse, educadamente. — O senhor tem um momento?

Ele parecia ainda mais cansado do que de costume, e imaginei que não estivesse se sentindo bem.

— Olá, Landon — disse, cansado.

Eu havia me vestido bem para a ocasião, com paletó e gravata.

— Posso entrar?

Ele assentiu com um leve movimento, e entrei no escritório. Apontou uma das cadeiras em frente à escrivaninha para que eu me sentasse.

— O que posso fazer por você? — perguntou.

Sentei na cadeira, um pouco nervoso.

— Bem, queria fazer um pedido para o senhor.

Olhou-me fixamente, estudando-me antes de finalmente responder.

— Tem a ver com Jamie? — perguntou.

Respirei fundo.

— Sim, senhor. Gostaria de pedir autorização para levá-la para jantar na noite de Ano Novo.

Ele suspirou.

— Só isso?

— Sim, senhor — disse. — E a levarei de volta para casa na hora que o senhor estipular.

Tirou os óculos e os limpou com um lenço antes de colocá-los de volta no rosto. Percebi que ele precisava de um instante para refletir.

— Seus pais estarão com você nesse jantar? — perguntou.

— Não, senhor.

— Então acho que não será possível. Mas agradeço por ter vindo pedir a minha permissão. — Voltou a olhar para os papéis, deixando claro que a conversa estava encerrada. Levantei da cadeira e caminhei em direção à porta. Quando eu estava a ponto de sair, olhei novamente para ele.

— Reverendo Sullivan?

Ele olhou para mim, surpreso por ainda estar ali.

— Desculpe-me por todas aquelas coisas que costumava fazer quando era mais novo, e também por não ter sempre tratado Jamie como deveria ter sido tratada. Mas, de agora em diante, as coisas vão mudar. Prometo ao senhor.

Ele pareceu olhar através de mim. Não foi o bastante.

— Eu a amo — disse, finalmente, e naquele momento a atenção dele estava novamente focada em mim.

— Sei que a ama — respondeu, com tristeza, — mas não quero vê-la magoada. — Achei que eu estivesse vendo coisas, mas pensei ter visto os olhos dele se encherem de lágrimas.

— Não faria isso com ela — eu disse.

Ele se virou e olhou pela janela, observando enquanto o sol do inverno tentava atravessar as nuvens. Era um dia frio, cinzento e amargo.

— Traga-a de volta até as 22 horas, então — ele disse finalmente, como se soubesse que tinha tomado a decisão errada.

Sorri e desejei poder agradecer-lhe, mas não o fiz. Percebi que ele queria ficar sozinho. Ao olhar por sobre o ombro ao sair, fiquei um pouco confuso ao ver que ele estava com as mãos no rosto.

Falei com Jamie uma hora depois. A primeira coisa que falou foi que achava que não poderia ir, mas eu disse que já havia conversado com Hegbert. Ela parecia surpresa, e acho que aquilo influenciou na maneira como ela me via depois daquele dia. A única coisa que não contei foi que parecia que Hegbert estava chorando enquanto eu saía do escritório. Eu não havia entendido aquilo completamente, e, de qualquer forma, não queria que ela se preocupasse. Naquela noite, depois de conversar novamente com a minha mãe, ela me deu uma possível explicação, e, para ser honesto, fazia todo o sentido. Hegbert estaria percebendo que a filha havia crescido, e que lentamente ele a estava perdendo para mim. De certa forma, eu esperava que aquilo fosse verdade.

Eu estava na casa dela bem no horário. Embora não tivesse lhe pedido que fosse ao jantar com o cabelo solto, ela havia feito aquilo por mim. Cruzamos a ponte em silêncio, e depois seguimos pela orla da praia até o restaurante. Quando entramos no local, o proprietário do lugar apareceu para nos receber e nos levou até a mesa. Era uma das melhores da casa.

O restaurante estava cheio na hora em que chegamos, e, a nossa volta, as pessoas estavam se divertindo. No Ano Novo todos se vestiam elegantemente, e éramos os únicos adolescentes ali. Mesmo assim, não acho que estávamos muito deslocados.

Jamie nunca havia estado no Flauvin's antes, por isso levou alguns minutos admirando o lugar. Demonstrava um misto de alegria e nervosismo, e eu soube imediatamente que a minha mãe havia feito a sugestão certa.

— Este lugar é maravilhoso — disse-me. — Obrigada por me convidar.

— É um prazer — disse, sinceramente.

— Você já veio aqui antes?

— Algumas vezes. Meus pais gostam de vir aqui às vezes, quando meu pai volta de Washington.

Olhou pela janela, fixando os olhos em um barco que passava em frente ao restaurante, com as luzes brilhando. Por um momento parecia estar perdida em pensamentos.

— Este lugar é bonito — disse.

— Você também — falei.

O rosto de Jamie ficou vermelho.

— Você está brincando.

— Não — disse. — Não estou.

Ficamos de mãos dadas enquanto esperávamos o jantar, e conversamos sobre algumas coisas que haviam acontecido nos últimos meses. Ela riu quando falamos sobre o baile em homenagem aos ex-alunos da escola, e finalmente admiti a verdadeira razão pela qual a havia convidado. Não pareceu ofendida — riu da situação — e entendi que ela já tinha descoberto tudo por conta própria.

— Você me convidaria novamente?

— Sem dúvida.

O jantar estava delicioso. Havíamos pedido robalo e salada, e quando o garçom recolheu os pratos, a música começou. Ainda tínhamos uma hora antes que tivesse de deixá-la em casa, e estendi a mão.

No início éramos os únicos na pista de dança, enquanto todos nos observavam deslizar pelo piso. Acho que todos sabiam o que sentíamos um pelo outro, e lembraram de quando também eram jovens. Pude ver que sorriam discretamente para nós. As luzes estavam suaves, e quando a cantora começou uma melodia lenta, segurei-a bem perto de mim, com os olhos fechados, perguntando-me se alguma coisa na minha vida já havia sido tão perfeita, e, ao mesmo tempo, sabendo que não.

Estava apaixonado, e a sensação era ainda mais maravilhosa do que eu podia ter imaginado.

Depois do Ano Novo, passamos os dias seguintes juntos, fazendo as coisas que os jovens casais faziam naquela época, embora, de tempos em tempos, Jamie parecesse cansada e apática. Fomos ao rio Neuse, jogamos pedras na água, observamos as ondulações em círculos concêntricos enquanto conversávamos e fomos à praia perto de Fort Macon. Embora estivéssemos no inverno e o mar estivesse com a cor do ferro, era algo que nós dois gostávamos de fazer. Depois de mais ou menos uma hora Jamie me pedia para levá-la para casa, e ficávamos de mãos dadas no carro. Às vezes, parecia que estava a ponto de adormecer antes de chegarmos à sua casa, e outras vezes falava sem parar por todo o percurso, sem que eu conseguisse responder direito.

Claro, estar com Jamie significava também fazer as coisas que ela gostava. Embora não fosse à aula de estudos bíblicos com ela — eu não queria parecer um idiota na frente da minha namorada —, fizemos outras duas visitas ao orfanato, e, cada vez que íamos lá, eu me sentia mais em casa. Uma vez, porém, tivemos de sair de lá cedo, pois ela estava com um pouco de febre. Até para os meus olhos destreinados era possível perceber que ela estava com o rosto avermelhado.

Nós nos beijamos outras vezes, também, mas não acontecia sempre que estávamos juntos, e eu nem tentei chegar à segunda etapa. Não havia necessidade. Beijá-la trazia uma sensação boa, algo suave e genuíno, e aquilo era o bastante para mim. Quanto mais fazíamos aquilo, mais eu percebia que Jamie havia sido mal compreendida durante toda a sua vida. Não somente por mim, mas por todas as pessoas.

Jamie não era simplesmente a filha do pastor, alguém que lia a *Bíblia* e fazia de tudo para ajudar os outros. Também era uma garota de 17 anos, com as mesmas esperanças e dúvidas que eu tinha. Pelo menos, era o que eu imaginava até ela me contar o seu segredo.

Nunca esquecerei aquele dia. Falou pouco, e passei o dia inteiro com uma sensação estranha de que ela tinha alguma coisa importante em mente.

Estava acompanhando-a do Cecil's Diner a sua casa no sábado que antecedia o reinício das aulas, um dia turbulento com vento frio e cortante. Uma borrasca de nordeste estava soprando desde a manhã anterior, e, enquanto caminhávamos, precisávamos ficar perto um do outro para nos mantermos aquecidos. Jamie havia passado seu braço por dentro do meu, e caminhávamos lentamente, mais do que o habitual. Percebi que ela não estava se sentindo bem, como aconteceu outras vezes. Ela não queria ter saído comigo por causa do tempo, mas pedi que viesse por causa dos meus amigos. Pensei que já estava na hora de saberem sobre nós. O único problema era que, por obra do destino, nenhum deles estava no Cecil's Diner. Como em muitas comunidades litorâneas, as coisas ficavam paradas na orla marítima durante o inverno.

Jamie não falou muito enquanto caminhávamos, e sabia que ela estava pensando em uma maneira de me contar alguma coisa. Não esperava que começasse a conversa daquela maneira.

— As pessoas acham que eu sou estranha, não é? — finalmente disse, quebrando o silêncio.

— De quem você está falando? — perguntei, embora já soubesse a resposta.

— As pessoas da escola.

— Não acham não — menti.

Beijei o rosto dela enquanto apertava seu braço, para que Jamie ficasse mais próxima de mim. Ela gemeu, e percebi que a havia machucado.

— Você está bem? — perguntei, preocupado.

— Estou sim — ela disse, recuperando a compostura, sem deixar o assunto morrer ali. — Pode me fazer um favor?

— O que você quiser — disse.

— Você promete me dizer sempre a verdade daqui por diante? Sempre?

— Claro — disse.

Ela parou repentinamente e olhou bem nos meus olhos.

— Você está mentindo para mim agora?

— Não — disse, na defensiva, imaginando aonde ela queria chegar com aquela conversa. — Prometo que, de agora em diante, sempre lhe direi a verdade.

De algum modo, quando disse aquelas palavras, tive a sensação de que me arrependeria.

Voltamos a caminhar. Enquanto descíamos a rua, olhei para a mão dela e vi um grande hematoma logo abaixo do dedo anular. Não fazia ideia de onde aquilo tinha vindo, pois não estava lá no dia anterior. Por um segundo, pensei que pudesse ter causado aquilo, mas percebi que nem sequer a havia tocado ali.

— As pessoas acham que eu sou estranha, não é? — perguntou novamente.

A minha respiração estava soltando pequenas nuvens de vapor.

— Sim — respondi, após algum tempo. Fiquei chateado por ter de dizer aquilo.

— Por quê? — ela parecia estar quase deprimida.

Refleti.

— As pessoas têm motivos diferentes — disse de maneira vaga, não desejando ir muito a fundo.

— Mas por quê, exatamente? Por causa do meu pai? Ou porque eu tento fazer o bem para as pessoas?

Eu não queria me envolver com isso.

— Acho que sim — foi tudo o que consegui dizer. Senti-me um pouco nauseado.

Jamie parecia estar desconsolada, e andamos mais um pouco em silêncio.

— Você também acha que sou estranha? — perguntou.

O jeito como respondi me machucou mais do que eu esperava. Estávamos quase em frente à casa dela, antes de pararmos novamente para que eu a abraçasse, trazendo-a para junto de mim. Beijei-a, e, quando nos separamos, ela estava olhando para o chão.

Pousei minha mão sobre o seu queixo, levantando a sua cabeça e fazendo com que me olhasse nos olhos novamente.

— Você é uma pessoa maravilhosa, Jamie. Você é bonita, é gentil, é bondosa... você é tudo que eu gostaria de ser. Se as pessoas não gostam de você, ou se pensam que você é estranha, isso é problema delas.

No brilho cinzento de um dia frio de inverno, vi que o lábio inferior de Jamie estava tremendo. O meu também estava, e, de repente, percebi que o meu coração também estava acelerando. Olhei-a nos olhos, sorrindo com todo o sentimento que eu tinha, sabendo que não poderia manter as palavras dentro de mim por mais tempo.

— Eu te amo, Jamie — disse a ela. — Você é a melhor coisa que já me aconteceu.

Era a primeira vez que dizia aquelas palavras para uma pessoa que não fosse da minha família. Quando me imaginei dizendo isso para outra pessoa, de alguma forma eu pensava que seria difícil, mas não era. Nunca tive tanta certeza de alguma coisa.

Assim que disse aquilo, entretanto, Jamie curvou a cabeça e começou a chorar, apoiando o corpo contra o meu. Coloquei os braços ao redor dela, imaginando o que havia de errado. Era magra, e, pela primeira vez, percebi que os meus braços circundavam todo o seu corpo. Ela havia perdido peso, até mesmo nos últimos dias, e lembrei que ela mal tinha tocado na comida anteriormente. Chorou no meu peito durante o que pareceu ser um longo tempo. Não sabia o que pensar, e também não sabia se ela sentia o mesmo por mim. Mesmo assim, não me arrependo de ter dito aquelas palavras. A verdade é sempre a verdade, e eu havia acabado de prometer que nunca voltaria a mentir.

— Por favor, não diga isso — ela pediu. — Por favor...

— Mas eu amo — disse, pensando que ela não havia acreditado em mim.

Ela começou a chorar ainda mais intensamente.

— Desculpe — sussurrou para mim por entre os soluços. — Desculpe...

A minha garganta ficou seca.

— Por que você está se desculpando? — Perguntei, repentinamente, ansioso para entender o que a estava incomodando. — É por causa dos meus amigos e das coisas que vão dizer? Não me importo mais com isso, de verdade. — Estava tentando qualquer coisa, confuso e assustado.

Levou outro longo tempo para que ela parasse de chorar, e voltou a olhar para mim. Beijou-me delicadamente e tocou o meu rosto com os dedos.

— Não pode se apaixonar por mim, Landon — disse, com olhos vermelhos e inchados. — Podemos ser amigos, podemos sair... mas você não pode me amar.

— Por que não? — gritei, rouco, sem entender.

— Porque — disse finalmente, em voz baixa — estou muito doente, Landon.

A ideia era tão absolutamente distante que eu não consegui compreender o que ela estava tentando dizer.

— E daí? Você pode ficar em casa por alguns dias...

Um sorriso triste cruzou-lhe a face, e foi aí que eu soube o que estava tentando me contar. Os olhos dela estavam fixos nos meus quando finalmente disse as palavras que entorpeceram a minha alma.

— Estou morrendo, Landon.

Capítulo 12

Ela tinha leucemia, e sabia disso desde o verão passado.

No momento em que me contou, senti o sangue fugir da face, e um turbilhão vertiginoso de imagens golpeou a minha mente. Era como se, naquele breve momento, o tempo tivesse repentinamente parado e eu conseguisse entender tudo que havia acontecido entre nós. Entendi por que ela quis que eu participasse da peça de teatro; entendi por quê, ao final da primeira noite do espetáculo, Hegbert havia sussurrado para ela com lágrimas nos olhos, chamando-a de "meu anjo"; entendi por que ele parecia tão cansado o tempo inteiro e por que ficava incomodado quando eu ia até a casa deles, por que ela queria que o Natal no orfanato fosse tão especial, por que ela achava que não iria para a faculdade, por que ela havia me dado a sua *Bíblia*.

Tudo fazia sentido agora, e, ao mesmo tempo, nada daquilo parecia fazer sentido.

Jamie Sullivan tinha leucemia.

Jamie, a doce Jamie, estava morrendo.

A minha Jamie...

— Não, não... — sussurrei para ela. — Deve haver algum engano...

Mas não havia, e, quando ela repetiu aquilo para mim, meu mundo caiu. Minha cabeça começou a girar, e me agarrei a ela para não perder o equilíbrio. Na rua, vi um homem e uma mulher andando em nossa direção, com o pescoço curvado e segurando seus chapéus com as mãos para que o vento não os levasse. Um cachorro trotava pela rua e parou para cheirar alguns arbustos. Um dos vizinhos havia subido em uma escada para tirar as luzes de natal da sua fachada. Cenas normais do dia a dia, coisas que eu nunca teria notado antes, e que repentinamente me deixaram zangado. Fechei os olhos, desejando que tudo aquilo fosse embora.

— Desculpe, Landon, desculpe... — continuava a repetir. Eu é que deveria estar dizendo aquilo, entretanto. Sei disso agora, mas a minha confusão me impedia de dizer o que quer que fosse.

No fundo, eu sabia que aquilo não iria simplesmente desaparecer. Abracei-a novamente, sem saber o que fazer, enquanto as lágrimas enchiam meus olhos. Eu tentava e não conseguia ser a rocha de que Jamie precisava.

Choramos juntos na rua por um longo tempo, não muito longe da casa dela. Choramos mais um pouco quando Hegbert abriu a porta e viu o nosso rosto, imediatamente percebendo que o segredo havia sido revelado. Choramos quando contamos para a minha mãe naquela tarde, e ela nos abraçou contra o peito, chorando com tanta força que a arrumadeira e a cozinheira queriam ligar para o médico, pois pensavam que alguma coisa havia acontecido com o meu pai. No domingo, Hegbert anunciou o fato para a congregação. Seu rosto era uma máscara de angústia e medo, e precisou de ajuda para voltar à sua cadeira antes mesmo de terminar.

Todos na congregação olhavam fixamente para ele, em silêncio, sem acreditar nas palavras que tinham acabado de ouvir, como se estivessem esperando pela frase final de uma piada horrível que ninguém conseguia acreditar ter ouvido. E então, de uma só vez, o choro começou.

Nós nos sentamos com Hegbert no dia que Jamie me contou, e ela respondeu pacientemente a todas as minhas perguntas. Não sabia quanto tempo ainda tinha de vida. Não, não havia nada que os médicos pudessem fazer. Era uma forma rara da doença, eles disseram; uma forma que não era afetada pelos tratamentos existentes. Sim, quando as aulas começaram ela se sentia bem. Ela só começou a sentir os efeitos nas últimas semanas.

— É assim que a doença progride — disse. — Você se sente bem, e depois, quando o corpo não consegue continuar a batalha, você se sente mal.

Lutando para conter as lágrimas, não consegui evitar pensar na apresentação no teatro.

— Mas todos aqueles ensaios... aqueles dias longos... talvez você não devesse ter...

— Talvez — ela disse, buscando a minha mão e me interrompendo. — Participar da peça foi o que manteve a minha saúde por tanto tempo.

Posteriormente, ela me disse que havia sido diagnosticada sete meses antes. Os médicos lhe deram um ano de vida. Talvez menos.

Hoje em dia as coisas seriam diferentes. Hoje em dia eles poderiam tratá-la. Mas isso aconteceu há quarenta anos, e eu sabia o que aquilo significava.

Só um milagre poderia salvá-la.

— Por que você não me disse?

Essa era a única pergunta que eu não havia feito, a única que continuava na minha mente. Não havia conseguido dormir naquela noite, e meus olhos ainda estavam inchados. Havia passado do choque para a negação, depois para a tristeza, raiva, e de volta ao início, a noite inteira, desejando que as coisas não fossem daquele jeito e que tudo fosse só um sonho ruim.

Estávamos na sala de estar da casa dela quando Hegbert comunicou o fato à congregação. Era 10 de janeiro de 1959.

Jamie não parecia tão angustiada como pensei que estaria. Entretanto, ela estava convivendo com aquilo havia sete meses. Ela e Hegbert eram os únicos que sabiam, e nenhum deles havia confiado em mim. Sentia-me, ao mesmo tempo, magoado e assustado com aquela situação.

— Decidi — ela me explicou — que seria melhor se não contasse a ninguém. Você viu como as pessoas estavam depois do culto de hoje. Ninguém me olhou nos olhos. Se você tivesse apenas alguns meses de vida, é isso o que você iria querer?

Sabia que ela tinha razão, mas isso não tornava as coisas mais fáceis. Pela primeira vez na vida, me sentia totalmente derrotado.

Nunca uma pessoa próxima de mim morrera, que eu me lembre. Minha avó morreu quando eu tinha 3 anos, e eu não me lembro de nada a seu respeito, nem do funeral, nem mesmo nos anos após o seu falecimento. Eu havia ouvido histórias, claro, contadas pelo meu pai e pelo meu avô — mas para mim era exatamente isso que elas eram. Era o mesmo que ouvir histórias que eu poderia ter lido no jornal sobre uma mulher que eu nunca conhecera. Apesar de meu pai me levar ao cemitério quando ia prestar homenagens e colocar flores sobre o túmulo da minha avó, nunca tive nenhum sentimento associado a ela. Apenas pelas pessoas que ela havia deixado.

Ninguém na minha família ou no meu círculo de amigos teve de confrontar alguma coisa assim. Jamie tinha 17 anos, uma criança que estava se tornando mulher, morrendo, mas ao mesmo tempo ainda muito viva. Eu estava com medo, mais do que jamais havia sentido. Não apenas por Jamie, mas por mim também. Vivia com medo de fazer algo errado, ou de fazer algo que a ofendesse. Seria certo ficar zangado na presença dela? Seria certo voltar a falar sobre o futuro? O meu medo fez com que até mesmo conversar com ela se tornasse difícil, mas ela foi paciente comigo.

O medo, entretanto, me fez perceber outra coisa, algo que deixou tudo aquilo ainda pior. Percebi que nunca a havia conhecido quando estava saudável. Tinha começado a conversar com ela havia poucos meses, e estava apaixonado fazia apenas dezoito dias. Aqueles dezoito dias pareciam ser a minha vida inteira, mas agora, quando olhava para ela, tudo que conseguia pensar era em quantos dias ainda havia.

Na segunda-feira ela não apareceu na escola, e de algum modo sabia que ela nunca andaria por aqueles corredores novamente. Nunca mais a veria lendo a *Bíblia* sozinha na hora do almoço, nunca veria o seu blusão marrom por entre as pessoas quando ela ia para a próxima aula. Havia terminado a escola para sempre; ela nunca receberia o diploma.

Não conseguia me concentrar em nada enquanto estava naquele primeiro dia de aula após a pausa para as festas de fim de ano, escutando um professor após o outro nos dizendo aquilo que a maioria de nós já sabia. As reações foram parecidas com as que ocorreram na igreja no domingo. Garotas choravam, rapazes baixavam a cabeça, e as pessoas falavam sobre ela como se Jamie já estivesse morta.

O que podemos fazer? Era o que eles se perguntavam, e as pessoas olhavam para mim em busca de respostas.

— Não sei — era tudo o que eu conseguia dizer.

Eu saí da escola mais cedo e fui para a casa dela, matando as aulas da tarde. Quando bati à porta, Jamie atendeu do jeito que sempre fazia, alegre e, aparentemente, sem se importar com o que acontecia no mundo.

— Olá, Landon — ela disse —, que surpresa.

Quando ela se inclinou para me beijar, eu correspondi, embora tudo aquilo me desse vontade de chorar.

— Meu pai não está em casa agora, mas, se você quiser, podemos sentar na varanda.

— Como você consegue fazer isso? — perguntei, de supetão. — Como você consegue fingir que nada está acontecendo?

— Não estou fingindo que nada está acontecendo, Landon. Deixe-me pegar meu casaco e vamos conversar aqui fora.

Sorriu para mim, esperando resposta, e eu finalmente assenti, apertando os lábios. Ela tocou meu braço.

— Já volto — disse.

Fui até a cadeira e sentei, e Jamie chegou alguns momentos depois. Usava um casaco pesado, luvas e um chapéu para se proteger do frio. A borrasca de nordeste havia passado, e o dia não estava tão frio quanto estivera no fim de semana. Mesmo assim, era demais para ela.

— Você não foi à escola hoje — eu disse.

Ela olhou para o chão e concordou.

— Eu sei.

— Você vai voltar para as aulas? — Mesmo que eu já soubesse a resposta, precisava que ela me dissesse aquilo.

— Não — disse, em voz baixa.

— Por quê? Está se sentindo tão doente assim? — Comecei a lacrimejar, e ela segurou a minha mão.

— Não. Hoje estou me sentindo muito bem, por sinal. Mas quero passar as manhãs em casa, antes que meu pai tenha de ir para o trabalho. Quero passar o máximo de tempo que puder com ele.

Antes de morrer, ela quis dizer, mas não o fez. Eu me senti nauseado e não consegui reagir.

— Quando os médicos nos falaram sobre a doença — ela continuou —, disseram que eu deveria tentar viver uma vida normal, dentro do possível. Falaram que isso ajudaria a me manter forte.

— Não há nada de normal nisso — disse, amargamente.

— Eu sei.

— Você não tem medo?

Por algum motivo eu esperava que ela dissesse não, que dissesse algo que um adulto diria, ou me explicasse que não temos condições de entender os planos de Deus.

Ela desviou o olhar.

— Sim — disse. — Sinto medo o tempo inteiro.

— E por que você não demonstra?

— Eu demonstro. Mas não em público.

— Por quê, você não confia em mim?

— Não — ela disse. — Porque eu sei que você também está com medo.

Comecei a rezar por um milagre.

Supostamente, eles aconteciam a todo momento, e eu lia sobre eles nos jornais. As pessoas recuperavam os movimentos das pernas depois de lhes dizerem que nunca mais andariam, ou sobreviviam a algum acidente depois que toda a esperança havia sido perdida. De vez em quando acontecia de algum pastor itinerante erguer uma tenda nos arredores da cidade, e as pessoas iam até lá para observar outras pessoas serem curadas. Havia ido àquelas tendas umas duas vezes, e, embora eu pensasse que a maioria das curas não era nada além de um truque de mágica, já que eu nunca conhecia as pessoas que eram curadas, ocasionalmente aconteciam coisas que nem eu era capaz de explicar. O velho Sweeney, o confeiteiro da cidade, esteve nas trincheiras da Segunda Guerra Mundial como membro de uma unidade de artilharia. Os meses que ele passou atirando nos inimigos o haviam deixado surdo de um ouvido. Não era fingimento — ele realmente não conseguia ouvir nada, e havia ocasiões, quando éramos crianças, em que conseguíamos escapar da confeitaria com algum pão doce por causa da sua surdez. Mas o pastor itinerante começou a rezar freneticamente, e finalmente pousou a mão na lateral da sua cabeça. Sweeney deu um grito, fazendo com que as pessoas praticamente pulassem da cadeira. Ele tinha um olhar aterrorizado no rosto, como se o camarada tivesse tocado o seu rosto com um ferro em brasa; mas, ao balançar a cabeça e olhar em volta, disse as palavras: "Eu consigo escutar de novo". Nem mesmo ele conseguia acreditar. "O Senhor", dizia o pastor enquanto Sweeney voltava para o seu lugar na plateia, "pode fazer qualquer coisa. Ele escuta as nossas orações".

Então, naquela noite, abri a *Bíblia* que Jamie havia me dado no Natal e comecei a ler. Ouvira tudo que era dito sobre a *Bíblia* na escola dominical ou na igreja, mas, para ser franco, eu só lembrava os pontos mais importantes — o Senhor mandando as sete pragas para que os israelitas pudessem fugir do Egito, Jonas sendo engolido pela baleia, Jesus andando sobre as águas ou trazendo Lázaro de volta à vida. Havia outros destaques, também. Eu sabia que praticamente todos os capítulos da *Bíblia* mostravam o Senhor fazendo algo espetacular, mas eu não havia lido todos eles. Como cristãos, geralmente focávamos mais nos ensinamentos do Novo Testamento, e eu não sabia quase nada sobre os livros de Josué, Rute ou Joel. Na primeira noite li Gênesis, e na segunda, Êxodo. Levítico veio depois, seguido por Números e Deuteronômio. Às vezes, levava algum tempo para ler algumas partes, especialmente aquelas que explicavam as leis, e mesmo assim eu não conseguia parar de ler. Era uma compulsão que não conseguia entender completamente.

Já era tarde da noite, e estava cansado quando cheguei aos Salmos, mas sabia que o que queria estava naquele livro. Todos conhecem o salmo 23, que começa com "O Senhor é meu pastor, e nada me faltará", mas eu queria ler os outros, já que nenhum dos salmos era considerado mais importante do que os outros. Depois de uma hora encontrei um parágrafo sublinhado. Presumi que Jamie havia marcado aquela seção por ser importante para ela. A passagem era assim:

Oh, Senhor, meu Deus, minha rocha, eu peço a Tua ajuda! Não deixes de ouvir o meu pedido. Se não me responderes, eu estarei com aqueles que descem ao mundo dos mortos. Ouve-me quando levanto as mãos na direção do Teu santo Templo e grito, pedindo a Tua ajuda.

Fechei a *Bíblia* com lágrimas nos olhos, incapaz de terminar de ler o salmo.

De algum modo, sabia que ela havia sublinhado aquele trecho para mim.

— Eu não sei o que fazer — disse, atordoado, olhando para a luz do abajur. Minha mãe e eu estávamos sentados na minha cama. Janeiro estava chegando ao fim — o mês mais difícil da minha vida — e eu sabia que em fevereiro as coisas só iriam piorar.

— Eu sei que é difícil para você — ela murmurou —, mas não há nada que possa fazer.

— Não é por Jamie estar doente — eu sei que não há nada que possa fazer a respeito. Estou falando sobre mim e Jamie.

Minha mãe me olhava, compreensiva. Preocupava-se com Jamie, mas também estava preocupada comigo. Continuei.

— É difícil conversar com ela. Tudo que penso quando olho para ela é no dia em que não vou mais poder olhar. Então, passo o tempo todo na escola pensando nela, querendo vê-la, mas quando vou para a casa dela, não sei o que dizer.

— Não sei se existe algo que você possa fazer para que ela se sinta melhor.

— O que eu deveria fazer, então?

Olhou para mim com tristeza, e colocou o braço ao redor do meu ombro.

— Do fundo do coração.

Nunca havia visto minha mãe tão triste quanto estava naquele momento.

— E o que o seu coração lhe diz para fazer?

— Não sei.

— Talvez — disse, gentilmente —, você esteja se esforçando demais para ouvi-lo.

No dia seguinte, as coisas foram um pouco melhores com Jamie, mas não muito. Antes de chegar, havia dito a mim mesmo que não diria nada que pudesse deixá-la triste — que eu tentaria conversar com ela como fazíamos antes —, e foi exatamente assim que aconteceu. Sentei-me no sofá da casa dela e falei sobre alguns dos meus amigos e o que eles estavam fazendo; eu falei da boa fase do time de basquete da escola; disse que ainda não havia recebido uma resposta da UCN, mas tinha esperança de que alguma coisa chegaria nas semanas seguintes. Disse a ela que estava ansioso pela festa de formatura. Falei como se ela fosse voltar à escola na semana seguinte, e eu sabia que o nervosismo transparecia na minha voz. Jamie sorria e acenava com a cabeça nos momentos adequados, fazendo perguntas ocasionalmente. Mas, quando terminei de falar, acho que nós dois sabíamos que seria a última vez que eu faria aquilo. Não pareceu ser a coisa certa, nem para mim nem para ela.

Meu coração estava dizendo exatamente aquilo.

Eu recorri à *Bíblia* novamente, na esperança de que ela me guiasse.

— Como está se sentindo? — perguntei, alguns dias depois.

Jamie havia perdido mais peso. Sua pele estava começando a ficar com um leve tom acinzentado, e os ossos da mão estavam ficando mais aparentes. Eu vi hematomas novamente. Estávamos na sala de estar de sua casa e ela já não conseguia suportar o frio.

— Estou bem — disse, sorrindo corajosamente. — Os médicos me deram um remédio para a dor, e parece que está ajudando.

Ia à casa dela todos os dias. O tempo parecia estar ficando cada vez mais lento, mas, ao mesmo tempo, passando cada vez mais rápido.

— Quer que eu lhe traga alguma coisa?

— Não, obrigada. Estou bem.

Olhei ao redor da sala, e depois de novo nos olhos dela. — Estive lendo a *Bíblia* — disse, finalmente.

— É mesmo? — o rosto dela pareceu avivar, e aquilo me fez lembrar do anjo na peça de teatro. Não conseguia acreditar que apenas seis semanas haviam se passado.

— Queria que você soubesse.

— Estou feliz que tenha me contado.

— Li o livro de Jó ontem à noite — disse —, o trecho em que Deus atormentou Jó para testar a sua fé.

Sorriu e tocou meu braço, e senti a maciez da mão dela.

— Você deveria ler algum outro trecho. Não é um dos melhores momentos de Deus.

— Por que Ele fez Jó passar por tudo aquilo?

— Não sei — disse.

— Você nunca se sentiu como Jó?

Ela sorriu, com um leve brilho em seus olhos.

— Às vezes.

— Mas você não perdeu a fé?

— Não. — Sabia que ela não havia perdido a fé, mas acho que estava começando a perder a minha.

— Você diz isso porque acha que pode sarar?

— Não — disse. — Minha fé é a única coisa que me resta.

Depois daquilo, começamos a ler a *Bíblia* juntos. De algum modo, parecia a coisa certa a fazer, mas o meu coração ainda me dizia que poderia haver algo mais.

Passei a noite em claro, pensando naquilo.

Ler a *Bíblia* nos deu foco, e repentinamente as coisas começaram a melhorar entre nós, talvez porque eu não estivesse tão preocupado em não fazer algo que pudesse ofendê-la. O que poderia ser melhor do que ler a *Bíblia*? Embora eu não conhecesse as escrituras tanto quanto ela, acho que gostou da proposta, e, ocasionalmente, quando líamos, ela colocava a mão sobre o meu joelho e simplesmente escutava a minha voz ressoar pela sala.

Outras vezes eu sentava ao lado dela no sofá, olhando para a *Bíblia* e observando Jamie com o canto do olho ao mesmo tempo. Chegávamos a um trecho ou salmo, ou mesmo a um provérbio, e eu perguntava o que ela achava daquilo. Ela sempre tinha uma resposta, e eu assentia, pensando no que ela havia dito. Às vezes, perguntava o que eu pensava, e me esforçava para responder, embora houvesse momentos em que eu blefava, e tinha certeza de que ela percebia. "É realmente isso que esse trecho significa para você?", ela perguntava, e eu esfregava o queixo e pensava mais um pouco no assunto antes de tentar novamente. Mesmo assim, às vezes ela era a culpada pela minha falta de concentração, com aquela mão no meu joelho.

Em uma sexta-feira à noite trouxe Jamie para jantar na minha casa. Minha mãe sentou-se à mesa conosco, e depois se retirou para a sala ao lado, de modo que Jamie e eu pudéssemos ficar a sós.

Ficar com Jamie era agradável, e eu sabia que ela pensava o mesmo. Já não saía muito de casa, e aquela mudança fez bem a ela.

Desde que me contou sobre a doença, Jamie não prendeu mais o cabelo em coque. Ainda era tão lindo quanto na primeira vez que eu a havia visto com os cabelos soltos. Ela estivera olhando para a cristaleira com uma lâmpada interna, onde minha mãe guardava os conjuntos de porcelana, quando eu peguei a mão dela por cima da mesa.

— Obrigado por vir aqui esta noite — disse.

Ela concentrou a atenção em mim.

— Obrigada por me convidar.

Respirei fundo.

— E como o seu pai está lidando com a situação?

Jamie suspirou.

— Não muito bem. Estou muito preocupada com ele.

— Ele te ama muito, você sabe.

— Eu sei.

— Eu também — disse, e quando o fiz ela desviou o olhar. Ouvir--me dizendo aquilo pareceu assustá-la novamente.

— Você vai continuar vindo à minha casa? — ela perguntou. — Mesmo depois, você sabe, quando...?

Eu apertei a mão dela, não com muita força, mas o bastante para que ela soubesse que eu estava sendo sincero.

— Enquanto você quiser que eu vá, estarei lá.

— Não precisamos mais ler a *Bíblia*, se você não quiser.

— Acho que precisamos, sim.

Ela sorriu.

— Você é um bom amigo, Landon. Não sei o que faria sem você.

Apertou a minha mão, retribuindo o meu gesto. Sentada à minha frente, ela parecia estar radiante.

— Eu te amo, Jamie — eu disse novamente, mas desta vez ela não ficou assustada. Em vez disso, nossos olhos se encontraram sobre a mesa, e observei-os: pareciam brilhar. Suspirou e desviou o olhar, passando a mão pelos cabelos, e depois olhando para mim novamente. Beijei a mão dela, sorrindo.

— Eu te amo também — ela finalmente sussurrou.

Eram as palavras que eu estava rezando para ouvir.

Não sabia se Jamie havia contado a Hegbert sobre o que sentia por mim, mas de alguma forma desconfiava de que não, pois a rotina dele não havia mudado em nada. Ele tinha o hábito de sair de casa sempre que eu chegava para a visita, após o término das aulas, e aquilo continuou a acontecer. Batia na porta e escutava Hegbert dizer a Jamie que sairia e voltaria dentro de algumas horas. "Tudo bem, papai", eu sempre a ouvia dizer, e esperava até que Hegbert abrisse a porta. Depois de me deixar entrar, ele abria o armário no corredor e pegava o chapéu e o casaco, abotoando-o até o pescoço antes de sair de casa. Era um casaco antigo, preto e longo, parecido com um sobretudo, e sem zíper. Do tipo que era considerado elegante no início do século. Ele raramente falava diretamente comigo, mesmo depois que soube que Jamie e eu havíamos começado a ler a *Bíblia* juntos.

Apesar de ainda não gostar da minha presença na casa enquanto não estava, Hegbert havia permitido que eu entrasse. Sabia que uma das razões era ele não querer que Jamie ficasse na varanda exposta ao frio, e a única alternativa era esperar em casa enquanto eu estava lá. Mas acho que Hegbert precisava de um tempo para espairecer, sozinho, e aquela era a verdadeira razão para a mudança. Não falava comigo sobre as regras da casa — pude vê-las nos olhos dele na primeira vez em que Hegbert disse que eu poderia ficar. Tinha permissão para ficar na sala de estar, e só.

Jamie ainda estava andando com desenvoltura, embora os dias estivessem miseráveis no inverno daquele ano. Um vento gelado soprou durante os últimos nove dias de janeiro, seguido por três dias de chuvas torrenciais. Jamie não tinha a menor vontade de sair de casa com um tempo daqueles, embora ocasionalmente ficássemos na varanda para respirar o ar fresco que vinha do mar por alguns minutos depois que Hegbert saía. Sempre que fazíamos isso, ficava preocupado com ela.

Enquanto líamos a *Bíblia*, as pessoas vinham bater à porta, pelo menos três vezes ao dia. Estavam sempre vindo, algumas com comida, outras apenas para dizer olá. Até mesmo Eric e Margaret vieram visitá-la, e, embora Jamie não tivesse permissão para deixá-los entrar, ela o fez assim mesmo. Sentamos na sala de estar e conversamos por algum tempo. Eric e Margaret não conseguiam encará-la.

Ambos estavam tensos, e demoraram alguns minutos para entender o que se passava. Eric havia vindo até ali para se desculpar, ele disse, e acrescentou que não podia imaginar por que tudo aquilo havia acontecido logo com ela. Também havia trazido uma coisa para ela, e colocou um envelope sobre a mesa, com a mão trêmula. Falou com dificuldade, mas as palavras soavam com sinceridade emocionante, a mais profunda com que já o havia ouvido se expressar.

— Você tem o maior coração que já conheci — ele disse a Jamie, com a voz trepidante. — E mesmo que eu não tenha me dado conta disso antes e nem sempre tenha sido legal com você, queria que você soubesse como me sinto. Nunca me senti tão arrependido na minha vida. — Parou e enxugou o canto do olho. — Você é a melhor pessoa que conheço.

Enquanto lutava para conter as lágrimas, Margaret já havia se rendido e chorava copiosamente no sofá, sem conseguir falar. Quando Eric terminou, Jamie enxugou as lágrimas que lhe corriam pela face, levantou-se vagarosamente e sorriu, abrindo os braços no que só poderia ser um gesto de perdão. Eric foi até ela por vontade própria, finalmente começando a chorar abertamente enquanto ela lhe acariciava o cabelo, murmurando algo para ele. Os dois se abraçaram por muito tempo enquanto Eric chorava, até que ele ficou exausto demais para continuar a chorar.

Era a vez de Margaret, e ela e Jamie fizeram exatamente a mesma coisa.

Quando Eric e Margaret estavam prontos para sair, colocaram a jaqueta e olharam em direção a Jamie uma última vez, para que pudessem se lembrar dela para sempre. Eu não tinha dúvida de que eles queriam guardar para sempre a imagem dela naquele momento. Na minha mente ela era linda, e sabia que sentiam o mesmo.

— Seja forte — Eric disse, ao sair pela porta. — Estarei rezando por você, assim como todos os outros. — Ele olhou para mim e tocou meu ombro. — Você também — ele disse, com os olhos vermelhos. Enquanto eu os seguia com os olhos, sabia que nunca havia sentido tanto orgulho deles.

Mais tarde, quando abrimos o envelope, descobrimos o que Eric havia feito. Sem nos dizer, havia angariado mais de 400 dólares para o orfanato.

Esperei pelo milagre.

Não houve nenhum.

No início de fevereiro, as dosagens nos comprimidos que Jamie estava tomando foram aumentadas para ajudar a aliviar a dor, cada vez mais intensa, que ela vinha sentindo. A quantidade maior de medicamentos causava tontura, e por duas vezes caiu enquanto estava no banheiro, chegando a bater a cabeça na pia em uma ocasião. Depois daquilo, ela insistiu em que os médicos diminuíssem as quantidades prescritas. Embora ela conseguisse andar sem dificuldade, as dores se intensificaram, e, às vezes, o simples ato de erguer o braço fazia com que ela gemesse. A leucemia é uma doença no sangue, que percorre o corpo inteiro da pessoa. Literalmente não há como escapar dela enquanto o coração continuar a bater.

Mas a doença enfraquecia-lhe o resto do corpo, atacando os músculos e fazendo com que mesmo as coisas simples ficassem cada vez mais difíceis. Na primeira semana de fevereiro perdeu três quilos e meio, e depois de pouco tempo já tinha dificuldade para caminhar, a menos que a distância fosse curta. Ainda tinha de conseguir suportar a dor, o que acabou se tornando impossível. Voltou a tomar os comprimidos, aceitando a tontura no lugar da dor.

Ainda líamos a *Bíblia*.

Sempre que visitava Jamie, eu a encontrava no sofá, com a *Bíblia* aberta, e eu sabia que, mais cedo ou mais tarde, Hegbert teria de carregá-la até ali se quiséssemos manter o hábito. Embora ela nunca dissesse nada sobre aquilo, nós dois sabíamos exatamente o que significava.

O tempo estava se esgotando, e meu coração ainda dizia que havia mais alguma coisa que eu poderia fazer.

Em 14 de fevereiro — Dia dos Namorados — Jamie selecionou um trecho da carta aos Coríntios que tinha um significado todo especial para ela. Disse-me que, se tivesse a oportunidade, era a passagem que gostaria que fosse lida no dia do seu casamento. A passagem era a seguinte:

O amor é paciente, o amor é bondoso. Não inveja, não se vangloria, não se orgulha. Não maltrata, não procura seus interesses, não sente ira facilmente, não guarda rancor. O amor não se alegra com a injustiça, mas se alegra com a verdade. Tudo sofre, tudo crê, tudo espera, tudo suporta.

Jamie era a essência mais sincera daquela descrição.

Três dias depois, quando a temperatura havia subido um pouco, mostrei algo maravilhoso a ela, algo que eu duvidava que ela já tivesse visto antes, algo que eu sabia que iria querer ver.

A porção leste da Carolina do Norte era uma parte bela e especial do país, abençoada com um clima temperado e, de maneira geral, com uma geografia maravilhosa. Em nenhum lugar isso é mais evidente do que em Bogue Banks, uma ilha próxima à costa, perto da cidade onde crescemos. Quarenta quilômetros de extensão por 1,5 quilômetro de largura, aquela ilha havia sido criada por um capricho da natureza, circundando a costa a pouco menos de 1 quilômetro da praia. Quem mora ali consegue ver o nascer e o pôr do sol de maneira espetacular, ambos por sobre a extensão do grandioso oceano Atlântico.

Jamie usava agasalhos pesados, e estava ao meu lado na beira do Iron Steamer Pier conforme aquela noite perfeita chegava ao sul dos Estados Unidos. Eu apontei para um lugar ao longe e disse-lhe para esperar. Podia ver a nossa respiração, duas dela para cada uma respiração minha. Tive de ajudar Jamie a se manter em pé enquanto estávamos lá — parecia mais leve do que as folhas que caem no outono — mas sabia que valeria a pena.

Depois de algum tempo, a lua começou a ascender no horizonte, lançando um prisma de luz sobre a água que ficava cada vez mais escura, dividindo-se em milhares de partes diferentes, cada uma mais bonita que a outra. Exatamente ao mesmo tempo, o sol tocava o horizonte na direção oposta, tingindo o céu de vermelho, laranja e amarelo, como se o céu tivesse repentinamente aberto os portões e deixado que toda a sua beleza escapasse dali. O oceano tingiu-se de prata e ouro, refletindo as cores, as águas se encrespando e reluzindo com as mudanças da luz, uma visão gloriosa, quase como o início dos tempos. O sol continuava a descer, lançando seu brilho até onde os olhos podiam alcançar, antes de finalmente desaparecer devagar por entre as ondas. A lua continuava a sua lenta ascensão, adquirindo diferentes tons de amarelo, cada um mais claro que o anterior, antes de finalmente tomar a cor das estrelas.

Jamie observava tudo em silêncio, com meu braço firme ao redor dela, sua respiração curta e débil. Quando o céu finalmente estava enegrecendo e as primeiras estrelas apareciam no céu ao sul, eu a peguei nos braços. Beijei seu rosto gentilmente, e depois finalmente seus lábios.

— É exatamente assim que me sinto em relação a você — eu disse.

Uma semana depois, as idas de Jamie ao hospital ficaram mais frequentes, embora ela insistisse em não passar as noites lá.

— Quero morrer em casa — era tudo o que ela dizia. Como não havia nada que os médicos pudessem fazer por ela, não havia escolha a não ser aceitar o que pedia.

Pelo menos por enquanto.

— Estive pensando sobre os últimos meses — disse a ela.

Estávamos sentados na sala de estar, de mãos dadas enquanto líamos a *Bíblia*. O rosto dela estava ficando mais magro, e o cabelo estava começando a perder o viço. Mesmo assim, os olhos dela — aqueles doces olhos azuis — continuavam lindos como sempre foram.

Acho que nunca vi uma pessoa tão bonita.

— Tenho pensado sobre eles também, — ela disse.

— Você sabia desde o primeiro dia de aula na turma da Srta. Gerber que eu participaria da peça, não é? Quando você olhou para mim e sorriu?

Ela assentiu.

— Sim.

— E quando convidei você para o baile da escola, você me fez prometer que não me apaixonaria, mas você sabia que isso aconteceria de qualquer jeito, não é?

Ela tinha um leve brilho nos olhos. — Sim.

— Como você sabia?

Ela deu de ombros sem responder, e nós ficamos sentados por alguns instantes, observando a chuva que caía na janela.

— Quando disse que estava rezando por você — ela disse, finalmente —, do que pensou que eu estava falando?

A doença de Jamie continuou a progredir, acelerando conforme o mês de março se aproximava. Estava tomando ainda mais medicamentos para a dor, e se sentia enjoada demais para conseguir se alimentar. Estava enfraquecendo, e parecia que teria de ir ao hospital e ficar por lá, apesar de não querer fazer aquilo.

Meu pai e minha mãe fizeram com que tudo mudasse.

Meu pai havia voltado de Washington, saindo apressado, embora a sessão do Congresso ainda estivesse em andamento. Aparentemente, minha mãe havia telefonado e dito que, se não viesse para casa imediatamente, ele teria de ficar em Washington para sempre.

Quando minha mãe lhe contou o que estava acontecendo, meu pai respondeu que Hegbert nunca aceitaria a sua ajuda. As feridas eram muito profundas e já era tarde para fazer qualquer coisa a respeito.

— Isso não tem nada a ver com a sua família, ou com o reverendo Sullivan, ou com qualquer coisa que tenha acontecido no passado — ela disse, recusando-se a aceitar aquela resposta. — Tem a ver com o nosso filho, que está apaixonado por uma garota que precisa da sua ajuda. E você vai encontrar uma maneira de ajudá-la.

Não sei o que o meu pai disse a Hegbert, ou quais promessas ele fez, ou quanto dinheiro aquela estrutura toda custou. Tudo o que sei é que, em pouco tempo, Jamie estava cercada por equipamentos hospitalares, recebia todos os medicamentos de que precisava e estava sob os cuidados de duas enfermeiras em tempo integral, enquanto um médico vinha várias vezes ao dia para ver como ela estava.

Jamie poderia ficar em casa.

Aquela noite foi a primeira vez na minha vida que chorei no ombro do meu pai.

— Você se arrepende de alguma coisa? — perguntei a ela. Ela estava na cama sob os lençóis, com uma agulha no braço, continuamente lhe dando a medicação de que precisava. Seu rosto estava pálido, o corpo, leve como uma pluma. Mal tinha condições de andar, e, quando precisava fazê-lo, era necessário que alguém a auxiliasse.

— Todos nós temos coisas das quais nos arrependemos, Landon — ela disse —, mas eu tive uma vida maravilhosa.

— Como você pode dizer uma coisa dessas? — choraminguei, incapaz de esconder a minha angústia. — Com tudo o que está acontecendo com você?

Ela apertou a minha mão, sem entretanto conseguir fazer muita força, sorrindo carinhosamente para mim.

— Admito — ela disse, olhando pela sala — que isso poderia estar melhor.

Apesar das lágrimas, eu ri, e imediatamente me senti culpado por fazer aquilo. Eu deveria apoiá-la e lhe dar força naquele momento, e não fazer o contrário. Jamie prosseguiu.

— Mas, por outro lado, estou feliz, Landon. De verdade. Tenho um pai especial que me ensinou a respeito de Deus. Lembro que ajudei muitas pessoas. — Fez uma pausa e olhou nos meus olhos. — Eu até me apaixonei e encontrei uma pessoa que se apaixonou por mim.

Beijei sua mão quando ela disse aquilo, e depois a segurei sobre a minha bochecha.

— Não é justo — eu disse.

Ela não respondeu.

— Você ainda está com medo? — perguntei.

— Sim.

— Eu também estou — disse a ela.

— Eu sei. Desculpe.

— O que posso fazer por você? — perguntei, desesperado. — Não sei mais o que devo fazer.

— Pode ler para mim?

Concordei, embora não soubesse se conseguiria terminar aquela página sem me acabar em lágrimas. Por favor, Senhor, me diga o que devo fazer!

— Mãe? — disse, naquela noite.

— Sim?

Estávamos sentados no sofá em uma das salas de casa, com o fogo da lareira à nossa frente. Mais cedo, naquele dia, Jamie havia adormecido enquanto lia para ela, e, sabendo que precisava descansar, deixei-a dormindo. Mas, antes de sair, beijei-a delicadamente no rosto. Não havia mal algum nisso, mas Hegbert havia entrado no quarto, e vi as emoções conflitantes nos olhos dele. Ele olhava para mim, sabendo que eu amava a sua filha, mas sabendo também que eu havia quebrado uma das regras da casa, mesmo que essa regra não tivesse sido explicitamente declarada. Se ela estivesse bem, eu sabia que ele nunca teria permitido que eu voltasse a entrar ali. Sendo assim, saí sem demora.

Não podia culpá-lo, de forma alguma. Descobri que passar o tempo com Jamie aos poucos apaziguava a minha disposição em me sentir ofendido pelo comportamento de Hegbert. Se tinha aprendido algo com Jamie naqueles meses, era que as ações — e não os pensamentos ou intenções — eram a maneira correta de julgar os outros, e eu sabia que Hegbert aceitaria que voltasse a sua casa no dia seguinte. Estava pensando sobre tudo aquilo, sentado no sofá, ao lado da minha mãe.

— Você acha que temos um propósito na vida? — perguntei.

Era a primeira vez que eu havia feito uma pergunta daquelas para a minha mãe, mas era uma época com vários desafios.

— Acho que não entendi a sua pergunta.

— Por exemplo... como se faz para saber aquilo que realmente devemos fazer?

— Você está perguntando sobre o tempo que passa com Jamie?

Fiz que sim com a cabeça, embora ainda estivesse confuso.

— Acho que sim. Sei que estou fazendo a coisa certa, mas... parece que ainda falta alguma coisa. Passo minhas tardes com ela, conversamos e lemos a *Bíblia*, mas...

Fiz uma pausa, e a minha mãe terminou a frase por mim.

— Acha que poderia fazer mais por ela?

— Sim.

— Eu não sei se há mais coisas que você possa fazer por ela, querido — disse, gentilmente.

— Então por que é que me sinto assim?

Ela chegou mais perto de mim no sofá, e olhamos juntos para as chamas da lareira.

— Acho que isso acontece porque você está assustado, e se sente perdido. Mesmo que você se esforce, as coisas continuam a ficar cada vez mais difíceis — para vocês dois. E mesmo com tudo o que você faz, parece não haver uma solução.

— Existe algum jeito de não me sentir assim?

Colocou o braço ao meu redor e me puxou para perto.

— Não, — ela disse. — Infelizmente, não há.

No dia seguinte, Jamie não conseguiu sair da cama. Como ela estava fraca demais para andar, mesmo com o auxílio de outras pessoas, lemos a *Bíblia* no quarto dela.

Adormeceu depois de alguns minutos.

Outra semana se passou e Jamie continuou a piorar. Seu corpo enfraquecia. Na cama, doente, parecia menor, quase como uma garotinha novamente.

— Jamie — implorei —, o que posso fazer por você?

Jamie, a minha doce Jamie, passava horas dormindo, mesmo enquanto eu conversava com ela. Não se movia ao som da minha voz; a sua respiração era fraca e curta.

Sentei ao lado da cama e a observei por um longo tempo, pensando no quanto a amava. Segurei sua mão perto do meu coração, sentindo-lhe os ossos dos dedos por baixo da pele. Uma parte de mim queria chorar bem ali, mas em vez disso pousei a mão dela de volta sobre a cama e olhei pela janela.

Perguntava-me por que o meu mundo havia se desdobrado daquele jeito. Por que tudo isso estava acontecendo com alguém como ela? Ficava imaginando se haveria uma lição maior no que estava acontecendo. Seria tudo aquilo parte dos planos de Deus, como Jamie dizia? Deus desejou que me apaixonasse por ela? Ou aquilo era vontade minha? Quanto mais Jamie dormia, mais eu sentia a presença dela ao meu lado, embora as respostas para aquelas perguntas não estivessem mais claras do que antes.

Fora da casa, a chuva que havia começado naquela manhã tinha passado. O dia estava escuro, mas o sol do fim da tarde estava atravessando as nuvens. No ar fresco da primavera vi os primeiros sinais da natureza voltando à vida. As árvores voltavam a florescer, os brotos das folhas esperavam o momento certo de germinar, abrindo-se para mais um verão.

No criado-mudo, ao lado da cama, vi o conjunto de objetos que Jamie guardava junto do coração. Havia fotos do pai dela, segurando Jamie nos braços do lado de fora da escola no primeiro dia do jardim de infância; havia uma pilha de cartões que as crianças do orfanato haviam lhe enviado. Suspirando, peguei um dos cartões que estava no alto da pilha.

Escrito com giz de cera, ele dizia simplesmente: "Por favor, fique boa logo. Estou com saudades".

Quem assinava o cartão era Lydia, a garota que havia dormido no colo de Jamie na noite de natal. O segundo cartão expressava os mesmos sentimentos, mas o que chamou a minha atenção foi o desenho feito por Roger, a criança que havia enviado aquele cartão. Ele havia desenhado um pássaro, voando sobre o arco-íris.

Sentindo a garganta apertar, fechei o cartão. Não consegui suportar olhar os outros, e, ao colocar a pilha de cartões de volta onde estava, percebi um recorte de jornal, ao lado do copo em que Jamie bebia água. Peguei o artigo e vi que era sobre a peça, publicado no jornal de domingo, um dia depois da nossa apresentação. Acima do texto vi a única fotografia que havia sido tirada de nós.

Parecia que aquilo havia acontecido há muito tempo. Enquanto eu olhava, lembrei de como havia me sentido quando a vi naquela noite. Olhando a imagem mais de perto, procurei por qualquer sinal de que ela suspeitasse do que viria a acontecer. Eu sabia que sim, mas a expressão dela naquela noite não transmitia nada daquilo. Em vez disso, vi apenas uma felicidade radiante. Depois de alguns minutos suspirei e coloquei o recorte de volta no criado-mudo.

A *Bíblia* ainda estava aberta no trecho onde eu havia parado de ler, e, embora Jamie estivesse dormindo, senti necessidade de ler um [illegible]is. Prosseguindo com a leitura, eu cheguei a outro trecho, [illegible] seguinte:

Não lhes estou dando uma ordem, mas quero verificar a sinceridade do amor de vocês, comparando-o com a dedicação dos outros.

Aquelas palavras me deixaram com um nó na garganta novamente, e, quando estava a ponto de chorar, o significado daquela frase repentinamente ficou claro. Finalmente, Deus havia respondido. E eu sabia exatamente o que deveria fazer.

Fui até a igreja o mais rápido que consegui, e, mesmo que tivesse um carro, não teria chegado lá tão depressa. Peguei cada um dos atalhos que conhecia, atravessando os quintais das pessoas, pulando por cima de cercas, até mesmo atravessando uma garagem e saindo pela porta lateral. Tudo que eu havia aprendido sobre a cidade se mostrou útil naquele momento, e, embora eu nunca tivesse sido um bom atleta, naquele dia sentia que não haveria nada, nem ninguém, que conseguiria me impedir. Sentia que estava sendo impulsionado pelo que devia fazer.

Não me importava com a minha aparência quando cheguei, pois suspeitava de que Hegbert também não se importaria. Quando finalmente entrei, diminuí o passo, andando vagarosamente para recuperar o fôlego enquanto atravessava o salão em direção ao fundo, onde ficava o escritório.

Hegbert levantou os olhos quando me viu, e eu sabia por que estava ali. Não me convidou para entrar, simplesmente desviou o olhar de volta para a janela. Quando estava em casa, ele lidava com a doença de Jamie limpando a casa de maneira quase obsessiva. No escritório, entretanto, havia papéis espalhados pela escrivaninha e livros jogados pela sala, como se ninguém arrumasse o escritório há várias semanas. Sabia que esse era o lugar onde Hegbert pensava em Jamie; era o lugar onde ele vinha para chorar.

— Reverendo? — disse, em voz baixa.

Não respondeu, mas entrei assim mesmo.

— Gostaria de ficar só — ele disse, com a voz embargada.

Parecia velho e abatido, tão fatigado quanto os israelitas descritos nos salmos de Davi. Seu rosto estava lívido, e havia perdido um pouco de cabelo desde dezembro. Até mesmo mais do que eu, talvez, ele tinha de se manter alerta e confiante perto de Jamie, e a pressão de ter de fazer aquilo estava acabando com ele.

Marchei até a sua escrivaninha, e ele olhou rapidamente para mim antes de voltar a olhar pela janela.

— Por favor — ele me disse. Seu tom de voz demonstrava derrota, como se não tivesse forças para confrontar nem mesmo a mim.

— Gostaria de conversar com o senhor — disse, com firmeza. — Eu não pediria isso se não fosse realmente importante.

Hegbert suspirou, e eu sentei na mesma cadeira que havia sentado anteriormente, ao pedir a permissão dele para levar Jamie para jantar na noite de Ano Novo.

Ele escutou o que eu tinha a dizer.

Quando terminei, Hegbert se virou para mim. Não sei o que estava pensando, mas, para a minha felicidade, não recusou. Em vez disso, enxugou os olhos com os dedos e se virou para a janela novamente.

Até mesmo ele estava atordoado demais para falar.

Novamente corri, e novamente não me cansei. Meu objetivo me dava a força de que precisava para continuar. Quando cheguei à casa de Jamie, entrei correndo pela porta, sem bater, e a enfermeira que estava no quarto saiu para ver a causa de todo aquele alvoroço. Antes que ela pudesse falar alguma coisa, perguntei:

— Ela está acordada? — Eu estava eufórico e apavorado ao mesmo tempo.

— Sim — a enfermeira disse, cautelosamente. — Assim que acordou, ela perguntou onde você estava.

Desculpei-me pela minha aparência desgrenhada e lhe agradeci. Em seguida, perguntei se ela se importaria de nos deixar a sós.

Entrei no quarto de Jamie, fechando parcialmente a porta por trás de mim. Ela estava pálida, muito pálida, mas o seu sorriso me dizia que ela ainda estava lutando.

— Olá, Landon — disse, com a voz enfraquecida. — Obrigada por ter voltado.

Peguei uma cadeira e sentei ao lado dela, segurando a sua mão. Vê-la deitada ali fez com que alguma coisa me apertasse o estômago, quase me fazendo chorar.

— Estive aqui antes, mas você estava dormindo — eu disse.

— Eu sei... desculpe. Não consigo mais evitar.

— Não tem problema.

Ela levantou a mão por cima da cama e eu a beijei, e depois me inclinei para a frente, beijando o seu rosto também.

— Você me ama? — perguntei a ela.

Ela sorriu.

— Sim.

— Você quer me ver feliz? — Quando perguntei isso, senti que meu coração estava começando a acelerar.

— Claro que quero.

— Você faria uma coisa por mim, então?

Ela desviou os olhos, a tristeza transparecendo em suas feições.

— Não sei se consigo — disse.

— Mas, se pudesse, você faria?

Não poderia descrever adequadamente a intensidade do que estava sentindo naquele momento. Amor, raiva, tristeza, esperança e medo, juntos em um redemoinho, intensificados pelo nervosismo que tomava conta de mim. Jamie me olhava com curiosidade, e a minha respiração acelerou também. De repente, eu sabia que nunca havia sentido algo tão forte por outra pessoa como acontecia naquele momento. Ao retribuir o olhar dela, aquela percepção simples me fez desejar pela milionésima vez que eu pudesse fazer tudo aquilo desaparecer. Se fosse possível, teria trocado a minha vida pela dela. Queria falar sobre as minhas ideias, mas o som da voz de Jamie silenciou as emoções dentro de mim.

— Sim — ela disse, finalmente, com a voz fraca, mas ainda cheia de vontade. — Eu faria.

Finalmente me controlando, beijei-a novamente, e levei a mão à sua face, gentilmente deslizando meus dedos na sua pele. Eu me admirava com a maciez da pele dela, e com a delicadeza que via em seus olhos. Mesmo naquela situação ela era perfeita.

Senti a garganta apertar novamente, mas, como disse, sabia o que eu tinha de fazer. Como eu tinha de aceitar que não tinha o poder de curá-la, queria lhe dar o que ela sempre quis.

Era o que o meu coração me dizia para fazer durante todo esse tempo.

Foi naquele momento que eu entendi que Jamie já havia me dado a resposta que eu procurava, aquela que o meu coração precisava encontrar. Ela me deu a resposta enquanto esperávamos sentados do lado de fora do escritório do Sr. Jenkins, na noite em que pedimos a ele para apresentar a peça no orfanato.

Eu dei um leve sorriso, e ela retornou a minha afeição com um leve aperto na minha mão. Encorajado, me inclinei para frente, mais perto dela, e respirei fundo. Quando eu exalei, estas foram as palavras que fluíram:

— Quer se casar comigo?

Capítulo 13

Quando eu tinha 17 anos, minha vida mudou para sempre. Ao caminhar pelas ruas de Beaufort, quarenta anos depois, pensando naquele ano da minha vida, eu me lembro de tudo, e tudo é muito claro, como se as cenas se desdobrassem em frente aos meus olhos.

Lembro-me de Jamie dizendo sim à pergunta que fiz a ela, sem fôlego, e como nós dois começamos a chorar juntos. Lembro-me de conversar com Hegbert e com meus pais, explicando a eles o que eu precisava fazer. Pensavam que eu estava fazendo aquilo apenas por Jamie, e os três tentaram me convencer a não levar meu plano adiante, especialmente quando perceberam que Jamie havia dito sim. O que eles não entenderam — e que eu precisei esclarecer — foi que eu precisava fazer aquilo por mim mesmo.

Estava apaixonado por ela, tão apaixonado que não me importava se ela estava doente. Não me importava se não teríamos muito tempo juntos. Nada daquilo importava para mim. Tudo o que eu queria era fazer algo que o meu coração havia me dito ser a coisa certa. Na minha mente, era a primeira vez que Deus havia falado diretamente comigo, e eu sabia, com toda a certeza, que não Lhe desobedeceria.

Sei que alguns de vocês podem estar imaginando que eu estava fazendo tudo aquilo por pena. Alguns dos mais cínicos podem até mesmo imaginar que fiz aquilo porque ela morreria em breve, e, assim, não estaria me comprometendo muito. A resposta para isso é não. Teria me casado com Jamie Sullivan, independente do que viesse a acontecer no futuro. Teria me casado com Jamie se o milagre pelo qual eu vinha rezando viesse a ocorrer. Sabia no momento em que fiz a pergunta, e sei disso até hoje.

Jamie era mais do que a mulher que eu amava. Naquele ano, Jamie me ajudou a me tornar o homem que sou hoje. Com a sua mão firme, ela me mostrou o quanto é importante ajudar os outros; com a sua paciência e bondade, ela me mostrou qual é o real sentido da vida. A sua alegria e o seu otimismo, mesmo quando estava doente, foram as coisas mais espantosas que já presenciei.

Hegbert celebrou o nosso casamento na igreja batista, tendo meu pai ao meu lado como padrinho. Isso também foi o resultado da influência de Jamie. No sul dos Estados Unidos, é tradição que o noivo esteja acompanhado pelo pai, mas, para mim, é uma tradição que não teria nenhum significado especial antes de Jamie entrar na minha vida. Jamie fez com que eu me reaproximasse do meu pai; de algum modo, ela também havia conseguido curar algumas das feridas entre as nossas famílias. Depois do que ele fez por mim e por Jamie, eu sabia que o meu pai era alguém com quem eu sempre poderia contar, e, conforme os anos passaram, nosso relacionamento ficou cada vez mais forte, até o dia em que ele morreu.

Jamie também me ensinou o valor do perdão e o seu poder de transformar as coisas. Percebi isso no dia em que Eric e Margaret estiveram na casa dela. Jamie não guardava rancores. Jamie vivia de acordo com os ensinamentos da *Bíblia*.

Jamie não era somente o anjo que salvou Tom Thornton, ela era o anjo que salvou a todos nós.

A igreja estava cheia de gente, de acordo com o desejo de Jamie. Havia mais de 200 convidados no interior dela, e muitos outros esperavam do lado de fora quando nos casamos em 12 de março de 1959. Como nosso casamento aconteceu às pressas, não houve tempo para fazer preparativos elaborados, e as pessoas vieram de toda a parte para fazer com que aquele dia fosse especial, simplesmente comparecendo à cerimônia. Vi todas as pessoas que eu conhecia — a Srta. Garber, Eric, Margaret, Eddie, Sally, Carey, Ângela, e até mesmo Lew e sua avó —, e não havia um único olho sem lágrimas no recinto quando a música começou. Embora Jamie estivesse fraca e não tivesse saído da cama nas duas semanas que antecederam a ocasião, insistiu em andar pelo corredor da igreja para que seu pai pudesse entregá-la a mim.

— É muito importante para mim, Landon — ela disse. — É parte do meu sonho, lembra? — Embora eu achasse que aquilo fosse impossível, acabei concordando. Não conseguia parar de pensar no poder da fé de Jamie.

Sabia que ela tinha planos de usar o vestido que havia trajado na noite em que apresentamos a peça de natal no teatro. Era o único vestido branco que estava disponível em um prazo tão curto, embora eu soubesse que ele talvez ficasse um pouco mais largo do que antes. Enquanto eu imaginava como Jamie ficaria naquele vestido, meu pai colocou a mão no meu ombro quando ficamos em pé em frente à congregação.

— Estou orgulhoso de você, filho.

Eu sorri.

— Estou orgulhoso de você também, pai.

Foi a primeira vez em toda a minha vida que disse aquelas palavras a ele.

Minha mãe estava na primeira fila, enxugando delicadamente os olhos com o seu lenço quando a Marcha Nupcial começou. As portas se abriram e vi Jamie, sentada em sua cadeira de rodas, com uma enfermeira ao lado. Com toda a força que ainda tinha, Jamie levantou, vacilante, com a ajuda do seu pai. Então, Jamie e Hegbert lentamente percorreram o corredor, enquanto todos na igreja os observavam, admirados. A meio caminho do altar, Jamie pareceu cansar, e pararam para que ela recuperasse o fôlego. Seus olhos fecharam, e, por um momento, pensei que não teria condições de continuar. Sei que não havia passado mais de dez ou doze segundos, mas aquela hesitação pareceu muito mais longa, e finalmente ela assentiu com a cabeça. Assim, Jamie e Hegbert voltaram a andar, e senti meu coração bater com orgulho.

Lembro-me de pensar que aquele foi o percurso mais difícil que qualquer pessoa já teve de percorrer.

Em todos os sentidos, era um percurso para ser lembrado.

A enfermeira havia empurrado a cadeira de rodas até o altar enquanto Jamie e seu pai vinham até onde eu estava. Quando ela finalmente chegou ao meu lado, houve suspiros de admiração, e, espontaneamente, todos começaram a aplaudir. A enfermeira trouxe a cadeira para perto, e Jamie sentou-se novamente, exausta. Com um sorriso, eu me ajoelhei, de modo que pudesse ficar no mesmo nível dela. Meu pai fez o mesmo.

Hegbert, depois de beijar Jamie no rosto, pegou a sua *Bíblia* para dar início à cerimônia. Todo formal, ele parecia ter abandonado o papel de pai de Jamie para algo mais distante, onde ele pudesse controlar melhor as emoções. Mesmo assim, pude ver que estava lutando para se controlar enquanto se postava à nossa frente. Ele colocou os óculos sobre o nariz e abriu a *Bíblia*, olhando para Jamie e para mim. Hegbert estava em pé, muito mais alto do que qualquer um de nós, e me dei conta de que ele não havia previsto que nós estaríamos em uma posição mais baixa. Por um momento ele hesitou, quase como se estivesse confuso. Então, surpreendentemente, decidiu se ajoelhar também. Jamie sorriu e pegou na mão de seu pai que ainda estava livre, e depois pegou a minha, fazendo com que estivéssemos ligados.

Hegbert iniciou a cerimônia da maneira tradicional, e leu a passagem na *Bíblia* que Jamie havia sublinhado para mim. Sabendo da condição em que Jamie se encontrava, pensei que ele faria com que recitássemos os votos imediatamente, mas Hegbert me surpreendeu outra vez. Ele olhou para Jamie e para mim, depois para a congregação reunida na igreja, e depois novamente para nós, como se estivesse procurando pelas palavras certas.

Limpou a garganta, e a sua voz surgiu em alto e bom som, para que todos pudessem ouvi-lo.

— Como pai, devo entregar a minha filha, mas não tenho certeza de que posso fazer isso.

A congregação ficou em silêncio, e Hegbert olhou para mim, pedindo silenciosamente que eu tivesse paciência. Jamie apertou a minha mão para me dar apoio.

— Não posso entregar Jamie, assim como não posso entregar o meu coração. Mas o que eu posso fazer é deixar que outra pessoa compartilhe da alegria que ela sempre me deu. Que as bênçãos de Deus estejam com vocês dois.

Nesse momento, ele fechou a *Bíblia* e a colocou sobre o altar. Ele me ofereceu a sua outra mão, e eu a peguei, completando o círculo.

Ele nos conduziu pelos votos matrimoniais. Meu pai me entregou a aliança que a minha mãe havia me ajudado a escolher, e Jamie me entregou outra. Nós as colocamos no dedo. Hegbert nos observou, e, quando finalmente estávamos prontos, nos declarou marido e mulher. Beijei Jamie delicadamente e minha mãe começou a chorar. Depois, segurei a mão da minha esposa. Em frente a Deus e a todos, jurei meu amor e devoção, na saúde e na doença, e nunca me senti tão bem.

Lembro-me de que aquele foi o momento mais maravilhoso da minha vida.

Quarenta anos se passaram, e ainda me lembro de cada detalhe daquele dia. Posso estar mais velho e mais experiente, posso ter vivido outra vida desde então, mas eu sei que, quando a minha hora chegar, as memórias daquele dia serão as últimas imagens que cruzarão a minha mente. Ainda a amo, e nunca tirei a aliança do dedo. Nunca tive vontade de fazer isso, mesmo depois de todos esses anos.

Eu respiro fundo, absorvendo o ar fresco da primavera. Embora Beaufort e eu tenhamos mudado, o ar ainda é o mesmo. Ainda é o ar da minha infância, o ar dos meus 17 anos, e, quando finalmente exalo, estou novamente com 57 anos. Mas está tudo bem. Dou um leve sorriso, olhando para o céu, sabendo que ainda há uma coisa que não contei a você. Agora eu acredito, apesar de tudo, que milagres podem acontecer.